2023
铸牢中华民族共同体意识
中国少数民族文学之星丛书

蓝色的涂鸦墙

朱 雀 著

作家出版社

编委会名单

主　任：邱华栋
副主任：彭学明　黄国辉
编　委：赵兴红　郑　函

以民族的情意，打造文学的星辰

——"中国少数民族文学之星"丛书总序

邱华栋　彭学明

"铸牢中华民族共同体意识——中国少数民族文学之星"丛书是中国作家协会少数民族文学发展工程的项目之一，于2018年开始实施，由中国作家协会创作联络部具体组织落实。出版这套丛书的初衷，是在少数民族文学创作领域贯彻落实习近平文化思想，不断夯实铸牢中华民族共同体意识的文学责任，培养少数民族文学中青年作家，打造少数民族文学精品，为那些已经在少数民族文学界和全国文学界成绩斐然、广有影响的少数民族中青年作家再助一力，再送一程，从而把少数民族文学最优秀的中青年作家集结在一起，以最整齐的队伍、最有力的步伐、最亮丽的身影，走向文学的新高地，迈向文学的高峰，让少数民族文学的星空星光灿烂，少数民族文学的长河奔流不息。以文学的初心，繁荣民族的事业；以民族的情意，打造文学的星辰。

入选"中国少数民族文学之星"丛书的作家，必须是年龄在50岁以下的、在少数民族文学界和全国文学界广有影响的少数民族作家。不管是否出版过文学书籍，只要其作品经过本人申请申报、各团体会员单位推荐报送、专家评审论证和中国作协书记处审批而入选的，中国作协将在出版前为其召开改稿会，请专家为其作品望闻问切，以修改作品存在的不足，减少作品出版后无法弥补的遗憾。待其作品修改好后，由中国作协统一安排出版，并进行广泛的宣传推广。

中国是一个多民族的大家庭。每一个民族都沐浴着党的民族政策的光辉、感受着党的民族政策的温暖，都在党的民族政策关怀下，蓬勃发展，欣欣向荣。在这个伟大的新时代，我们正创造着中华民族的新辉煌。每一个民族的发展与巨变，每一个民族的气象与品质，都给我们提供了生生不息的创作源泉。我们每一个民族作家，都应该以一种民族自豪感，去拥抱我们的民族；以一种民族责任感，为我们的民族奉献。用崇高的文学理想，去书写民族的幸福与荣光、讴歌民族的伟大与高尚；以文学的民族情怀，去观照民族的人心与人生、传递民族的精神与力量。

我们期待每一位少数民族作家，都能够到火热的生活中去，到广大的人民中去，立心，扎根，有为，为初心千回百转，为文学千锤百炼，写出拿得出、立得住、走得远、留得下的文学精品。不负时代。不负民族。不负使命。

目 录

序《蓝色的涂鸦墙》　　即墨　/I

格利普里奥　/I

夜间飞行　/II

大海报　/26

养狗记　/42

暗红的酒馆　/58

我们赌今晚的鸡尾酒　/70

蓝色的涂鸦墙　/86

种一地南瓜　/98

镜子　/109

朱神是个什么样儿？　/117

仰望天空　/124

旧梦　/138

咖啡　/147

桥的南端　/156

序《蓝色的涂鸦墙》

即 墨

朱雀写作从诗歌起步，发表诗作三百余首，出版诗集《阳光涌入》，曾获《诗选刊》"中国年度先锋诗歌奖"。此外，他还发表了若干中短篇小说，出版长篇《轻轨车站》《梦游者青成》等。尽管写作涉诗歌、童话、中短长篇小说等多种体裁，但他用功最勤、耗费时间心力最多的，其实是结集的这些中短篇。

《仰望天空》的主人公贝得屡次发现"一个黑色的物体从天空掠过"，朋友莫儿却啥也看不见。他去诊所看医生，中途被父亲斥骂。从"人"和"天"那里，贝得听说自己跟李蒙等人一样，都成了能窥见命运秘密的"命运者"，不过代价是失去普通人的自由。"天"最后意外地放过了贝得——他可能是第一个被放过的人，不知是不是问了太多太深问题的缘故。

读者的兴趣点或许在于：一个十四岁少年何以会关注命运、生死、灵魂这样的玄奥话题？他的奇思异想从何而来？

比如贝得和"天"的问答："灵魂从哪里来，到哪里去？""灵魂来自你们的精神，它会去寻找另一个有精神源的肉体，在另一个时空。""命运者"眼中的"命运"："命运是不允许有人看到或谈论他的，也不允许人看到他真实的灵魂……喵星人也能看见灵魂和命运，为啥并没有灭绝？因为它们对任何人，包括同类亲属都守口如瓶。"

可见对超验之物或彼岸世界的想象、描述与追寻，是朱雀小说创作的特征之一。从较早的童话寓言，到长篇奇幻《梦游者青成》，到中短篇《暗红的酒馆》等作品，类似的"形而上"探寻反复出现。

《暗红的酒馆》开篇诡谲阴冷：寂静街，黑云朵，人脸月亮，草深没腰……"我"被一只妩媚的黑猫迷晕，醒来后已置身地下"酒馆世界"：人们醉生梦死，身缺脑残，不知自己从哪儿来，也记不起在这儿待了多少年……

是秃尾狐狸告知那扇"暗红色木门"，"第一个推开它"的"我"发现门外依然是酒馆：同样的人群音乐，同样的陈设——"这些看似荒诞的描述，都难免投上现实光怪陆离的影子。在给我们带来疑惑迷失、沉溺快感的同时，它们或许会成为一种常态，犹如慢性死亡。"朱雀认同了梦魇与现实的关联，同时流露出对成为异化物的不安。

在白鹤提点下，"我"一次次推开酒馆门，进入一处处似曾相识的空间，最终与那只黑猫重逢。"我"再次晕眩不醒，直到在太阳明晃晃的光照下醒来，发现自己已躺在离村子（家）不远的地方。

从莫名的迷失开始，在迷失中省视探寻，看似在确认时空方位，实则是寻找自我，确立自主意识。

中篇小说《桥的南端》里，来自主城的K在桥南"白色巢穴"学校住读。这只淘气的小蚂蚁，耽于幻想向往自由，常跟室友小Q一道，在对假想快乐往昔的编织中虚度时光——那是有关金色猫咪、神奇大蜻蜓、森林魔王和冰雪女妖的故事。当然还有现实的雷雨之夜、集体乘车远足、快乐火车游戏、夏爽节晚宴、军乐团指挥悲剧与螳螂事件、考场灵异等，无不是童年情感经历、心理隐秘、生命截图的想象追忆，学校生活完整拼图的局部……小说从雨夜老蝉窥看蚂蚁宿舍开始,到K金秋离开"巢穴"结束,他领受了最初的命运并开启生命的新里程。随着年龄增长,童年的身心经历终将被"成人化"湮没——这是"成长"不得不付出的代价。

《桥的南端》纳入了童话元素,以"昆虫"为角色却是"人类小说"。"蚁人"魔幻修辞只是为方便人虫交通。这设定似乎也不算违和,古希腊神话里不也有那么多"半神半人"或"半人半神"?

朱雀这类小说,无论故事主题如何改换,唯有其中的虚拟世界或"第二自然",似乎总是被某种无形的神秘力量笼罩主宰;角色的思考行动,似乎总是限囿于某一时空……那些弥漫作品的无力无望焦灼感,或许来自人类探寻世界过程中对自身能力限度的了解?

时光如水逝去,"成人社会的嘈杂喧嚣一天天入耳"。身心日常的变化,必然导致写作内容样式的更迭:"我将长篇《轻轨车站》里的人物移入新构想的中短篇,这多少受到奈保尔《米格尔大街》、安德森《小城畸人》的影响,意在通过对同一背景下某些人事反复交叉、变换角度的叙写,展示同龄人从校园青春逆反到初入社会艰辛谋生的历程。"(朱雀:创作自述)

在《大海报》《种一地南瓜》《养狗记》等新作中,悄然出现的是一种类"生活流"的感知方式和表现形态。

《我们赌今晚的鸡尾酒》讲述某学院艺术系学生外出考察,张恬和廖加零喝自兑鸡尾酒睡过头,赶丢了学院大巴。两人决定打车追赶"大部队",可连去什么地方都不清楚,上了出租又被司机撵下来。侥幸得知全班人在××陵参观,不料赶拢后他俩扑了个空——同学们去的是东区新×陵。大雨将至,两人垂头丧气来到空落落的车站。廖加零发狠道:"在这见鬼的雨消失之前,如果等不到一辆出租车,我就赌今晚的鸡尾酒。"

《种一地南瓜》里，连日大雨让整座城市停摆，小区积水浮满青蛙，受灾的居民们茫然无措……为寻找走失的英短，张恬和江楠之涉水去废弃的活动室，不料流浪猫受惊打翻架上铁盘，盘中的南瓜子撒落在地。在老家见过母亲种菜的江楠之夸夸其谈，说要让这些种子跟大自然亲密接触，种一地南瓜。几番冷嘲热讽后，张恬还是默认了对方的异想天开。无聊的日常因偶然而改变，这或许也是一种寻找——即便其细弱如死水涟漪，而且大概率很快就会回复原状。

《大海报》使用了"过去时"和"现在进行时"两条叙事线：前者是高蹈学术混杂商业话语的闹腾表演的学院生活，后者是枯燥乏味一成不变的"密室逃脱"打工日常——两种看似天差地别毫无关联的现实，因张恬和杨琪的亲历而显露出世界的荒诞无稽。作者用跨语域概念术语杂糅拼接重构的"大学生活"，最终变异成一堆抽象怪诞似是而非的魔怔话语——

……张恬来到他的地盘，借人生中第一本学院派著作：《小狗装修》。图书管理人嘴角上扬，露出一个不经意的讪笑：《小狗装修》当然只适合刚开始接触脊椎动物亚门的理想型学生，要是他们深入到更骇人的层次诸如：哺乳纲—食肉目，发现装修一只犬类原来是装修狼的近亲，将会多么震惊……

摈弃外在的故事奇观，忠于个体感受，以类生活流方式书写凡庸的日常，乃是朱雀小说写作的又一特征。"我不想把生活处理得太沉重太严肃，小说人物的斗嘴调侃吐槽，是看得见的生活里的幽默、喜感乃至小小的荒诞，是一代人的真实存在方式和普遍生活形态。包括我自己在内的同龄人，一方面似乎在生活中随波逐流，另一方面也并未放弃自我意识的唤醒，而非彻底地浑噩麻木。每个人都不得不面对自己的生命经验，这就需要负起某种责任，长大成独立的人。"（朱雀：创作自述）

不同于大多数一地鸡毛的生活流写作，朱雀看似自然主义的表达，实则是对真实的残酷呈现。鲁院同学顾拜妮曾点评：朱雀小说人物语言散漫，少见故事冲突，却有吸引人的氛围，隐含着某种"低频"——这大约是指潜藏不露却又有"锚定"重量，适当时可达成"震撼"之效的动能吧？

朱雀第三种路数的小说有着类童话外表，健康明朗的美学风格，其设色绚丽，内涵大都指向"成长"母题。《格利普里奥》《夜间飞行》《咖啡》等篇较具代表性。

《格利普里奥》和《朱神是个什么样儿？》都有"父子寻亲"的情节动机，不同的是前者多了个象征物大公鸡格利普里奥。"它骄傲地扬起脖子，头和胸脯全都是金晃晃、亮闪闪的，尾部彩虹般向上抛撒的羽毛，漂亮得像一轮在蓝天上放光的太阳。""只要有一点点风，公鸡就轻盈地转圈……金属的摩挲声好像'啾啾'鸟鸣，冬天也因此多了一点点生趣。"

儿子心目中的大公鸡格里利奥，被父亲误记成了格利普里奥。但两人一路口角不断，父亲从不愿放下可笑的权威，对儿子的纠错无视，接受寓言劝诫就更不可能了。

《夜间飞行》叙述卡鳅驾飞艇参加考试，遇见技术高超的同行金吉尔。因动力储蓄不足，金提议将两艘飞船合体，以便节省风力一起到达终点。之后误入大型雷暴云，小艇遭紊乱气流抛掷，雷电炫目震耳欲聋……经两人通力合作，飞艇安全穿越雷暴云，在洒满月光的宁静大海上飞往班德尔。小说以对机智勇气、互助友情的颂赞为主题，"从储能、起飞、合体飞行、误入雷暴云核心，直到战胜重重困难到达目的地"——作者创建的架空世界班德尔海域。

我们据此多少可以得知,读着《火影忍者》《哆啦A梦》《海贼王》《哈利·波特》,玩着网游,看着漫威DC、日本动漫长大的"90后"的阅读写作,跟上一代人有着什么样的差别。

这一代写作者的营养当然不只是网络娱乐文化,"父母书柜里的《契诃夫文集》《胡安·鲁尔福小说选》《绿房子》《人间失格》等'纯文学',我也搬出来懵懵懂懂读过不少"(朱雀:创作自述)。

有论者认为,当下青年作家的写作存在历史/现实感匮乏及经验同质化问题——现代社会分工细化的确导致了部分与整体意义的脱钩,可经验碎片化同质化应是所有人面临的现实。作家创造的源头除了个人经验,还有间接经验及更为重要的虚构想象能力。每个人的经验都是独有的,感知处理的角度方式也各有不同;经验不等于某种外在经历,更是内在的感知和自我体验。

因此写作并非摹写现实,亦非渲染想象的奇景,而是对社会、人性与存在的探究思考。需要作者做的,是"制造一个鞘套,一个模子",让万事万物各安其位,适得其所。

体察感知熟悉的身边日常,展示同龄人普遍的精神状态,传达他们走出生存泥淖寻找自我的努力——从《暗红的酒馆》《大海报》《我们赌今晚的鸡尾酒》到《桥的南端》《夜间飞行》《格利普里奥》,无不是对勇敢美善独立自由等人生价值的不懈追索。

从最高的意义上讲,体裁题材从来不是文学价值的决定性因素,它们不过是作者生命与创造力的载体。如同普鲁斯特所说:作品的题材与天才的形成无关,真正的天才能使任何材料增辉生色。

格利普里奥

远处,即将启动的火车发出像模像样的笛鸣——如今没有了蒸汽的咝咝声和车轮跟铁轨的碰撞,很快它就会抛下这个城市,像幽灵一样轻快地梭飘而去。

父亲肩头搭了件厚实的黑呢外套,走得重而慢,儿子觉得它不定啥时候就会顺臂膀滑落到地上,那样外套就要被雪水浸湿了。但他就是不肯穿好。

"我刚才说的什么?如果你还能记起来,劳烦你带下路。"父亲说。

"好,你跟在我后面,行吗?"儿子说,歪了歪脖子,"其实就算忘了,问问人不就得啦。"

"哈,鬼都不见一个的地儿,你打算去问谁?"

"随便啊,一直走,总会碰到人吧……"

儿子往左右看了看,这一带的建筑全是矮矮的,平层或者两层;有时你能瞥见一点儿露头的屋顶,它们隐藏在树林里,用积雪打着掩护。刚下车那会儿,人很不少,只是后来都拎着行李各奔东西。现在只有老远的路上有几粒模糊的人影,也就是说只剩下父子俩了。这地方他来过两次,可当时那小小年纪的他真有留心吗?脑子里打开的一幅画面是:

五花八门反光的玻璃，高高的钟楼顶部站着耀眼的彩色大公鸡：一个风向标，在空气中旋转着避开纷繁的雪花。

还记得在某个交叉路口，矗立着一棵冠盖巨大的树，它虽然老态龙钟，挂满了凛冽的寒霜，但旁边漂亮的快餐店使它显得不那么讨厌。然后，他想起了那道盘旋的小路，通向一座不高的浑圆小山，自己握着两根竹竿滑雪似的爬了上去，经受了太多折磨的可怜的棍子最终撅断了。

"该死的乡间公路，尽管烂有烂的理由，可总不能没完没了，在时间上没个尽头。"父亲一边走一边嘀咕，更像在自言自语，"诸如此类的事到底谁来管？谁去问责相关的老爷们……你在听我说话没有？"

儿子耸了耸肩："反正我早说过，你得穿靴子，这里毕竟是乡下！"

"胡扯瞎话，我说的是原则性问题，不是那些鸡毛蒜皮，你明白吗？你就不能试着从大人的角度看问题？"

"你的意思我不是不明白，不过呢，像你这样抱怨一阵，又有什么用处？"

"你个蠢蛋，什么没什么用处？要是大家都他妈闭嘴，啥事都没人质疑，社会怎么可能进步？"

儿子觉得自己并没有迷路，他应该是找对方向了，他打算少说话多带路。

"要是你把乌迪带来的话，问题就没有这么简单了，"父亲说，两只手相互交叉护着他的外套，"它该怎么走路呢？这该死的路上的积雪会把它的爪子冻伤的。你该明白问题的严重性了吧？这些经验，除了老子没有人会告诉你。"

前方的路告诉儿子，他们到达了那棵树所在的位置。

"'要是在夏天，它便是行人驻足休息时的一把庇护伞'。"儿子记起了曾经读过的文章里的一句话。

照理说他们还应该赶一段路的，可能是父亲一路上说了太多的话，又没有穿靴子，他哈出一大团热气，抖了抖身子，示意儿子进快餐店吃点什么东西。快餐店的 logo 是一只硕大的卡通半身猩猩，手里原本捏着一根剥开的香蕉，可现在看上去更像一支白色火炬。餐厅里挺暖和的，只有稀稀拉拉的几个顾客，柜台里的服务生帽檐压得低低的，一双手肘撑住台面，明显已经开始打盹儿了。

父亲找了个靠窗的位置坐下，把一支没点火的香烟叼在嘴角，从裤兜里摸出皮夹——

"要点啥自己去看……"他口齿有点含糊地说，"我要休息一下我的腿。"

柜台里的服务生拉高了帽檐，他是个瘦小伙子，头发染成浅黄色，右脸的雀斑比左脸多，胡楂儿没剃干净，工作服的前胸是那只大猩猩，手里同样拿着火炬香蕉。面对顾客，他依旧是撑着肘弯的姿势，不同的是吧嗒了一下嘴。

"一个巧乐猩巨无霸套餐。"儿子赶紧点餐。

服务生犹如谍报剧里的发报员，在机器上窸窸窣窣无表情地揿了一通。

"还要一杯热咖啡。"

"套餐里面包括一杯咖啡。"

"我知道，我要再加一杯。我们有两个人。"

上餐的速度倒是挺快，可惜热咖啡并不热，而是温暾暾的，儿子一边吃一边用力搓手。父亲根本没有理会墙上"禁止吸烟"的警示，已经开始吸第二支烟，服务生很快又把眼睛藏到帽子底下去了，餐厅顿时就变得像个没人过问的地盘似的。

儿子留意到父亲背后两个十三四岁的孩子，一男一女，没有大人在一块儿,估计是本地人。他俩一人喝着一杯果汁,桌子上没搁任何其他吃的。儿子本没想打扰他们,不料那个穿着胀鼓鼓防寒服的小男孩越过父亲的肩膀跟他挤眼睛,随即小女孩也扭过头来。儿子起先只看到她长长的直发,这会儿发现她还戴了一双毛茸茸的粉色护耳。

"喂,"小男孩轻声招呼,"你的巧乐猩巨无霸吃完了吗?"

"你的套餐里送的是哪一套玩具?"女孩紧跟着问。

儿子瞅了瞅专心吸烟的那个大人,茫然地在快餐桶里翻了个遍,结果除了一堆纸盒子以外什么也没有。

"没有,他们没有送我玩具。"

"你说啥?"小男孩的眼睛一下睁得老大,"他居然没有给你玩具。"他伸出手指点着收银柜正后方的大菜单,那上面的确有那么几个黑体字:

现购买任一种巧乐猩套餐即赠送巧乐猩模型玩具一款,多买多送!

"张奥比,那家伙,又克扣别人的东西。"女孩子压低嗓门说,转脸看向服务生。

"你们认识他吗?你们是本地人?"

"这附近的人都认识他。知道他为啥克扣你的东西不?"男孩露出几分鄙夷的表情,"我保证他不是故意的,但他昨晚去酒吧鬼混的时候肯定又喝到吐了。"

"哦,哎呀。"儿子仿佛听到了什么不洁的东西。

"张奥比!"男孩站起身打了个响指,这个响指的熟练程度令人羡慕。

"张奥比是个可怜鬼,真可怜,别人都这么说。"女孩说。

"你们没有权利指责成年人喝酒,"父亲说,"抽烟也是。"

"说他是可怜鬼跟酗酒的事无关,"女孩并不在意被人打断,"他的父母老早就不管他了,他们把这位啃老族从家里赶了出来。"

"你们也无权对别人家的事说三道四,尤其是小孩子家,知道太多可不那么好。"

"我的爸爸妈妈就不是这样,"女孩平静下来,瞥了一眼父亲,又瞥了一眼正在收银台跟张奥比搭讪的男孩,"我哥哥也是。"

"你知不知道这边有个彩色公鸡的建筑?"儿子问。

"什么彩色公鸡?"

"嘿,我说,你们有空闲去在意别人喝酒,倒不如多看点新闻,问问环卫部门为什么没把街上的雪铲干净——外地人都会为这儿的道路状况吃惊的。瞧瞧,你们以后多关心下这些事儿,就不会变得和张奥比一样了。"

"这几天雪下得很大啊,大概是他们人手有限,还没来得及!"女孩脸颊微红。

"我记得,有一栋顶上有大公鸡的房子,"儿子挠着脑袋,完全忘了词儿,"不是真的公鸡,彩色的,如果有风吹的话,公鸡就会转……我是想问个路——"

"哈哈……我一直没看到任何车辆或清洁工人的影子,小姑娘,有谁告诉过你什么叫纳税人吗?"

"你没有资格这么取笑我们,先生。尽管我们这儿是个偏远的小地方,你也不能在餐厅吸烟的。"女孩尖声尖气地说,"我认为一个在公共场所吸烟的人不配给儿子做榜样呢!"

父亲淡淡地笑了笑,不置可否。

"……我记得是一处圆顶建筑,公鸡是个风向标之类的东西。"

"什么公鸡,你能不能说具体一点?"

"哦。彩色的大公鸡,它的尾巴有七种颜色。"

"你说的是教堂顶上的那只七彩大公鸡吧,那就是个风向标。"男孩走过来,他手里拿了个什么盒子,是他刚问张奥比要来的,巧乐狸巨无霸套餐赠送的玩具。

"教堂？你说的是教堂？"女孩有点好笑地扫了儿子一眼，"你为什么记住的，哈哈，恰好是教堂顶上的公鸡呢？我是说，好吧，一般人注意的大都是四周的冬青树，还有摆摊的小贩什么的。"

"那样……能让他显得与众不同。"服务生从远处发出懒洋洋的声音。

"糊涂鬼张奥比欠你的东西。"

"谢谢。"儿子给了个笑脸。虽然他不晓得这玩具究竟有啥用。

男孩坐回他的座位上，他还有半杯果汁没有解决掉。

"爸爸一大早就出门了。"女孩说，晃荡着两腿。

"我知道你想说什么，"男孩说，"但是没有必要。"

"收起你的玩具，"父亲用膝盖轻轻碰了儿子一下，说，"带路吧。"

"嘿，教堂离这里不远了，你们从十字路口左拐一直走，看到一座交通亭，再右拐，就到了。"女孩转过头说。

"其实我们不是要找教堂，你知不知道有条上坡拐弯的小路……"儿子不知道如何描述，"算了，谢谢你们帮忙。"

"你们是来旅游的吗？你们从城里来？"女孩问。

"我们是来探亲的。"儿子扭头看了一眼父亲，他在系鞋带。

"主要是来坐车和走路的。"父亲发出低沉的声音。

"主要是坐车和走路就对啦，"帽子耷拉着的张奥比说，"那就对了，那就叫旅游。"

儿子开始有点适应店里若有若无的暖气了，不是说他之前不适应，而是之前以为这是家人气还行的餐厅，在他的印象里就是如此。室外的积雪的确快要没过他的脚踝了，要是乌迪，他家那条牧羊犬在上面跑的话，说不定它会冷得站都站不稳。窗外那棵不知品种的高大老树和快餐店夹角四十五度延伸出一条道路，应该就是女孩说的路，虽然这当儿没有行路的人也没有车，但似乎总有种从不间断的窸窸窣窣的声音。

"你们，你们不打算这时候回家吗？"儿子朝大门走去，跟在父亲的后面。

"我们再待一会儿，果汁还没喝完呢。"女孩回答，她又开始晃腿了，仿佛这座位是一架秋千。

"我们在这儿打发时间。"男孩说。

"顺便说一句，"小姑娘饶有兴趣地眨了眨眼，"你的那套巧乐猩……"

"别随便跟人要东西，桑妮。"

儿子喉咙里有个"噢"字没能完全地吐出来，快餐店的自动旋转门就自己回过去了。瞬间一缕凛冽的风扑在脸上，他有一种回头送掉这件玩具的冲动：一个很丑的拿着锣鼓的制服猩猩，如果你扭动几圈发条，它就会发出一些莫名其妙的噪声，可是他觉得完全失去送掉它的理由了。

"'别随便跟人要东西，桑妮'，我也没请求他帮我要这个丑玩具呀，讨厌鬼。"

"嘟嘟嚷嚷个啥呢，步子给我迈快点，是你给我带路，不是我给你带路。"

"刚才人家不是说得很清楚了？左拐直走再右拐。"

"你承诺过由你领路啊，记不得啦？"

"那你就跟在我后面，不要净说些无聊的话。"

"什么才叫不无聊？儿子，我现在做的就是无聊的事啊，我是陪你在做无聊的事。如果你真觉得无聊，我们回头走不就得了？"

"这可是说好了的，承诺过的。每年夏天她来看我们，我们冬天来看看她，是不是？"儿子说，"我今年要满十四了，我觉得我能遵守我的承诺，我们说出的话。"

"你懂个屁的承诺。"父亲皱起两撇可笑的眉毛。

他们路过了那间使人联想到淋浴房的交通亭，一个右拐，儿子终于看到了那只站得很高的大公鸡。他以为那只公鸡所在的地方是个大广场，有滑旱冰的人和卖纪念品的小贩，没想到记错了——教堂被一群冬青树簇拥着，门前有一条宽大的带花纹的石板路裸露出来，两旁挤得厚厚的雪堆似乎在冒着白气。

教堂真的很高，远远超过了它周围的冬青树，马赛克图案的玻璃窗有隐隐的反光，听不到唱诗或是朗诵，除了那种长年不断响在耳道里的窸窣，还有不知是不是幻觉的大公鸡转动的声音。大公鸡闪耀着金属的光泽，说不清是什么材质，头和胸脯全都金晃晃、亮闪闪的，它骄傲地扬起脖子，尾部是几道彩虹般向上抛撒的羽毛，漂亮得好像一轮在蓝天上放光的太阳。

大公鸡没有爪子，支撑它站立的是一根银色的轴，当然你也可以说这就是它的爪子，儿子就坚持认为这是两只爪子并在一块儿了。只要有一点点风，公鸡就轻盈地转圈，时间长了，转圈时难免有轻微的金属摩擦声。不过这声音并不难听，更类似"啾啾"的清脆鸟鸣，反倒为单调的冬天添加了一点生趣。

"漂亮的大公鸡。我也想养一只公鸡。"儿子哈着气说。

"接下来该怎么走。"

儿子挠挠头，这里没有他想象中的广场，地盘也比他记忆里的小了不少。

"噢噢，等等，"父亲眯起眼睛，两手插在裤兜里，"彩色的大公鸡，不就是传说中的格利普里奥吗？"

"什么格利普里奥，公鸡的名字吗？"

"没什么，一个用来教育小孩儿的故事，一只骄傲的公鸡，实际上，你自己都能编出后面的情节。"

"那它怎么会被搁在教堂的顶上,感觉有点奇怪噢。"

"我怎么知道,在这样的乡下,修教堂的人不一定懂的。"

儿子茫然地盯着那只大公鸡,过了一会儿,他差点扑哧笑出声来:"你说的不会是格里利奥吧?'它是一只金色的骄傲大公鸡',那可是我们上幼儿园的时候学的,它的尾巴可不是彩色的。格利普里奥!哈哈,你怎么想出来的名字?格利普里奥……"

"好了好了,别总跟我扯淡,走好你的路。"

"不只是我的路,"儿子摇摇头,"我记不清接下来的路了,但是你肯定记得。"

"我从来都不记得他妈的这种该死的乡间小路,"父亲紧盯着儿子说,"我更不知道被雪盖住以后的路长什么样子。"

"你是在学格里利奥吗?"

"什么?"

"你在学格里利奥,装得就像它一样骄傲。"

"小子,别跟我搞笑了。"

"'后来格里利奥一身金色的毛都掉光了,大家都看不起它',"儿子说,看不出他的表情有任何变化,"从今天早上一开始,你就变得像它了,净跟人抬杠。"

"好吧,小子,但是你用骄傲来形容我,那你就错了,知道吗?大错特错。"

"如果你记得路,为什么不带路呢?那不是骄傲是什么?"

"你今年都十四岁了,小子。你难道不觉得,该学着不要依赖大人了吗?"

"这些都是借口,就像你在火车上念叨的一大堆话一样。"

"没有人天生就记得路,下次,要学着点,小子。再过两年,你就可以考驾照了。"

"我知道。但是你也该学着不要一到今天这种日子就变得像格里利奥似的，我都不知道怎么跟你说话了！"

实际上，父子俩都不知道，教堂大门左侧的大理石墙壁上镶着一块凸出的橡木板，木板上镌刻着有关这个公鸡风向标的说明，只不过斑驳的墙壁让它不太容易引人注目而已。七种彩色的羽毛，代表着教义中的七种罪孽，它们鲜艳、有诱惑力，但肮脏，沾染着世间的不洁。橡木板左下角有一排花体的拉丁文，墨迹很淡很淡了，大意是"愿执念随风而逝"之类的，优美的拉丁文字。

"但是，我确实不记得路了，小子，别说我在学那个他妈的什么格里利奥。"

"好的，我们可以问路。"

"要是你这次记清楚了，下次就不要再到处问路了，记得我教过你的。"

"不要依赖别人的帮助。我知道啦，好吧。"

"快去。"

教堂的大门是交错的雕花斜纹，深棕色，古朴的味道。乍一看是木门，其实是扇铁门，上面的玻璃，让人能看见里面影影绰绰的景象。儿子能看到里面树荫下黑色的长椅，只是清风雅静，没有一个人影。他敲了敲门，想等人来问询。

父亲站在雪地里，下唇微微颤动着。他点了支烟，扯了一把快要滑落的外套，想检查下鞋子有没有进水。他刚弯下腰，屋顶的公鸡也跟着动了，金属的底座摩擦着发出"啾啾"的声音，清脆得如同早晨的鸟鸣。

《西部》2013 年第 10 期

《小说选刊》2013 年第 11 期转载

夜间飞行

　　天空中看不到几片云彩，海鸥们展开石板灰色的翅膀，在小岛南端的海滨悠闲地打旋儿。来自贝比岛的卡鳅在餐厅享用了晚餐，他吃得很简单：两个蔬菜肉饼配一份椰子汁就填饱了肚子。小家伙的心思显然不在吃饭上，他一边慢慢吞咽，一边眺望跟太阳越靠越近的海平面，紧紧握住手心的叉子。

　　"班德尔的神保佑，海水开始退潮了。"卡鳅眨巴着大眼睛咕哝道，另一只手放在胸前的海星护身符上。

　　这是卡鳅的第一次个人夜间飞行。实际上，他离驾驶这艘单人胡桃木小飞艇的法定年龄还差两天，但今天是一年里的特例。这时的海平面上，太阳除了额头还露在水面，另外一大半已经沉到海里。天空不再是刚才那般金灿灿的颜色了，沙滩上稀稀拉拉散落着几个人影，不知从哪里渗出的紫蓝色蔓延开来。西天的云彩越来越淡，最终融入到零落的暮霭中。

　　出发的时间到了。卡鳅换上飞行服，再次检查了一遍风力储存器：它是班德尔人特有的技术，像引擎般镶嵌在飞艇的尾部位置，为飞行提供能源。飞艇顶部有一个热气球一样飘浮着的气泡，里面是一群叽叽喳喳扇动翅膀的巨蜂鸟，卡鳅听到它们正抱怨"又饿了"——真是一群不让人省心的饶舌鬼。当然喽，没有它们的动力支持，飞艇也跑不了那么快。

他抓住飞艇头部的牵引绳，在沙滩上吃力地拖拽着这个比他高半米、体型粗壮得多的大家伙，直到有三分之一的体积浸入海水。卡鳅大半截身子淹没在水下，有一点小小的眩晕——近两年每次爷爷开渔船载他出海，这种情况就会出现。

不过他很快振作起来，爬进了飞艇的驾驶舱。驾驶舱只容得下他大半个身子，肩以上的部位都露在外面。这当儿，半圆形的防风气泡膨胀起来，如同一个透明的玻璃罩，环绕着卡鳅，将他整个儿保护在里面。

海风越发大了，波浪激烈地从东方涌来，沾水的胡桃木飞艇在灰蓝的海面上左摇右晃地颠簸着，轻盈得跟一张纸似的。卡鳅按下控制台上的红色按钮，没过几秒钟，整个小艇振动起来，气泡顶端发出类似螺旋桨转动的声音，又像蜂鸟在高速拍打翅膀。飞艇周围的海水开始顺时针旋转下陷，形成一个大的漩涡，发出的声浪清脆悦耳，有如一朵盛开的蓝白色玫瑰。不一会儿，飞艇悬浮起来，开始稳步上升——最终骤然腾空拔起。最让卡鳅兴奋的就是起飞瞬间的失重感，飞艇四周吸附的水流被强大的上升力甩离了壳体，只留下一道道竖直的水痕。

一些稀薄的云絮从舷边掠过，能看到月亮了，薄荷色，小半边跃出海平面，向太空散发出柔弱的光线。瞪大眼睛，你或许还能看到水珠从它椭圆的表面滑过。卡鳅寻思，在去班德尔的里程中，如果他是最快的飞艇手，能不能追上月亮这个家伙呢？前段时间，他读过几本来自大陆的科普杂志，很漂亮的纸张和印制，上面有很多彩色大图，一些生动好读的文章。只不过有的内容太过奇特了，比如说月亮，这究竟是怎么回事儿？月亮有生命吗？它究竟有多大？据说月亮直径竟然达到了几千千米,这搞得卡鳅完全失去了参照,因为他无法想象几千千米是什么样的概念,或者,指不定这些信息都是编造的。

还有文章说,天上的星星绝大多数都比月亮大得多,真是这样的吗?卡鳅望向周围,那些个闪烁不定的星星,看上去比豆荚里剥出来的最小的豆子还要小。所以班德尔的智者说,凡事如果不自己验证一番,别人说的话难免会让你困惑不解。

"我一定是最早出发的。"卡鳅想,到现在他还没看到别的飞艇,"好多小伙伴不需要赶时间,可以偷懒晚点出发,可是我离起飞地太远,只好多辛苦巨蜂鸟们啦。"

风力储存器平稳运行的嗡嗡声,还有鸟儿们有节律的振翅声(事实上你无从分辨它们振翅的频率),似乎预示着一切顺利。前方是绵延的混色云层,卡鳅后脑勺舒服地靠在气泡上,幻想着自己是不是可以打个盹儿,偶尔拉拉操纵杆,在两眼一闭一睁之间,飞行考核差不多就完成了?

不料他眼睛还没闭牢,一个尖声尖气的男声就透过气泡闯了进来:"伙计,帅哥!你的风够吗?"

他偏过头,看到右侧一艘正和他并肩飞行的灌木飞艇,艇身上缀满了不认识的花朵、野果甚至穿插纠缠的树枝荆棘,吊顶里也不是蜂鸟在作业,而是五六只呆头呆脑的猫头鹰。气泡里的人一头杂草般凌乱的墨绿色卷发,年纪似乎比卡鳅还小,正咧着嘴朝自己傻笑,露出两瓣大大的兔牙。

"猫头鹰?"卡鳅发出一声惊叹,"你确定它们有你需要的飞行天赋?"

"可不是吗,我的亚姆尼亚雀鹰跟人掷骰子时做抵押了,"卷发男孩说,"只好偷偷借了我奶奶的几只替补猫头鹰用。不过这不是重点,帅哥,我起飞没多久就发现储风器的风量不够了,不知道为什么它们才灌了三分之一，昨天可是给它喝了一晚上的风！"

"现在掉头，回最近的飞艇站进行补救，还来得及吗？"卡鳅问。

"你瞧，这才是问题所在！"卷发叫道，"看看我的吊顶，伙计，你觉得我有钱给我的飞艇蓄能吗？我只能把它放在海滩上喝风，然后，失去这次考核资格！"

"可是我的风也不够啊，"卡鳅挠了挠头，"我的意思是，我有一点多余的风量，可你的风量只有三分之一，即使我把多的给了你，你还是不够。"

卷发好像根本没有听见，自顾自继续说："夜间飞行没你想的那么简单，小伙子！特别是夜间飞行考核，要知道，每年的这个时候，飞艇委员会要考核的可不光是驾驶技术。纯粹的飞艇技术嘛，实在没什么值得考核的。"

"是吗？我就觉得你很有必要接受考核，"卡鳅翻了个白眼，"免得关键时刻发现风箱没有灌满。"

"不用你提醒我啊伙计，我承认这点没做好。但是你得关心下更重要的，比如飞行路线什么的，你看看，前面的云层是不是密集起来了？"

"你到底想说啥？"

"我们可以做一笔交易，"卷发用舌头舔了舔凸出的门牙，"你负责提供动力，带我的飞艇抵达终点班德尔，我来指导你在飞行中遇到的技术难题，或者，不管是不是技术性的都行。怎么样？帅哥，说真的，现在的风越来越大了。"

"你来指导技术问题……你的年纪恐怕比我还小吧，你满十三周岁没有？"

"我已经开过六年飞艇，驾驶经验绝对比你丰富。"

"不是已经说过了嘛，我的风量也不够帮你，如果一定要这样做，我们都只能被迫降在海上啦。"

"没问题,我来告诉你怎么做——"卷发说,"等会儿我飞到你后面,用两条牵引带挂在你风力储存器的接口上,我调低自己的风量变成推进模式,然后你只要继续飞就得了。"

"我觉得不怎么靠谱啊,这样做行吗?"

"你本来也需要一个技术指导,提醒你怎么随机应变。"

卡鳅将控制杆往前推,飞艇顿时提速了不少,落下的灌木飞艇跟了一把,两艘小艇先后追随着保持匀速。卷发扔出两根牵引带,带子软软地飘在空中,随即像产生了什么化学反应似的,突然变得又硬又直,一左一右勾连上了前面飞艇风力储存器的接口。出人意料的是,"合体"飞艇的速度似乎并没有发生明显变化,它们飞得反而比以前稳定了——就像两个没带车厢的火车头,呜呜隆隆地轰鸣着前进。

"哈哈,怎么样,情况还好吧?"

"嗯,感觉还行。但愿你的飞行经验能让我们顺利飞到班德尔。"

"我,资深飞艇驾驶员金吉尔,向你保证绝对没问题!你叫什么名字?"

"卡鳅。"

"贝比岛的姓,我说得没错吧。"

"我祖父母都是那儿的渔民,我也是在岛上出生的。"

"你有点不一样的喽,"金吉尔龇牙一笑,"按说,那里多数人都是以捕鱼为生,你应该去学开船才对。"

"我可不喜欢开船,"卡鳅摇摇头,"我晕船,从没出过远海,上次坐爷爷的船是一年前的事了。"

金吉尔深表同情地点点头:"要是你驾驶飞艇,在贴近海面的高度滑行,你也会头晕吗?"

卡鳅发现他话有点多，回头翻了个白眼："我没试过这个，最好是不要试。"

"哎哟喂，这可不像一个已满十三周岁，正在参加夜间飞行的、伟大的班德尔人说的话。"金吉尔的语气，神情都透出跟他的年龄不相称的老成，"一个合格的飞艇驾驶员，在任何情况下都要应对自如，否则怎么能保证飞行安全，我说得没错儿吧？"

"你老是喜欢用问句。如果你觉得自己是对的，直接把观点说出来就好。"

"在意对方的感受，询问并尊重他的看法，是一个文明人应有的起码风度。"

"现在，老老实实在后面跟随我，就是你最好的风度。当然喽，你也可以好好欣赏下舱外美丽的夜景。"

飞了大约一个小时，他们稍稍降低了飞行高度，透过稀薄的云层，可以看见散布在海面的拳头大小的岛屿，这几座海岛卡鳅都很熟悉，他早已从地形图上记住了它们的位置和形状。那座像乌龟般中间拱起、有头有身的是咴儿岛，岛上有附近海域最著名的木匠公会，匠人们几乎承包了所有飞艇壳体的设计和打造。咴儿岛旁边靴子形的小岛是薄雾岛，岛上的种植园向木匠们提供最好的木材和树胶。卡鳅想，说不定以后他也会像那些著名的飞艇手一样，获得上岛旅游参观的机会。

特别醒目的是一座色泽鲜艳的小岛，岛上的灯光五彩缤纷——这是专为班德尔航线设置的中间站，既是夜航的路标，也是飞艇的临时停靠地，用来防范飞行意外的发生。从高空俯瞰，可以发现有几艘小小的飞艇正开着航行灯朝它靠近。这样的小岛在航线上一共有两座，看到第一座岛，说明他们已行进了约三分之一的航程。

月亮完全升到了海平面上方，薄薄的，看上去并不太大，卡鳅不自觉地朝那个方位飞着。前方是堆积得很高很厚的云层，云层的中间部分颜色浓重，四周泛出浅淡的褐色微光。

"伙计，专注一点，我们得当心啦。"金吉尔高声提醒。

随着距离接近，云层变得越来越庞大，风力也开始增加了。这一堆巨型乌云，犹如顶天立地的山岳，盘踞在航线上，占领了一大块空间区域。云层聚集翻卷着，浓厚致密的内部不时发出闪电的强光，然后是隐隐的雷声。要飞往班德尔，必须得穿过这一片云层。这时候，他们周围已经悬停了七八艘差不多规格的飞艇，大家都打着转，犹疑不前的样子。这情况算不上什么意外，因为飞行路线是固定不变的，一个飞艇驾驶员也必须掌握安全穿越乌云的技术，这是班德尔航线和飞艇考核委员会给他们的考验。

"真糟糕，金吉尔，我们卡住了，"卡鳅揪了一把自己的黄发，"这比低空海面滑行麻烦多了。我本来定了一个目标，要是行程顺利，最后一段我就低空从海面滑行过去，出发前还提醒说最好不要是开玩笑的。毕竟我都有一年多没和爷爷出过海，现在我是一个贝比岛的青年……好吧，青少年了，但是我没料到乌云有这么可怕。"

"小卡鳅，可别随便把它叫作乌云，"金吉尔拖着懒洋洋的声调说，"那是一片相当大的积雨云。它还有一个更可怕的名字，雷暴云。这家伙可不是吃素的，它内部聚集了太厉害的能量，可能会有雷电、冰雹、阵性降水和大风，甚至龙卷风。它是可以让飞机坠毁的死神，更别说玩具样的小小飞艇了。我们唯有祈祷不会遭遇龙卷风，感谢班德尔的神灵庇佑。"

卡鳅难以置信地打量着大山峭岩样的云海，脑子里很难将它和那些温和、虚空、湿润的聚合物联系在一起。

金吉尔说："你想驾飞艇贴海面飞行，这个其实不算什么。坦白地讲，我飞了六年，吃过很多很多苦头了。这次夜间飞行确实很关键，因为涉及我们正式的飞行资格，我当然不想折在这里。话说回来，这样的乌云，是我以前也没有见过的，卡鳅兄弟，今晚就算是对我们的驾驶技术的考验吧！"

"喂喂，你真的有六年驾龄？"

"很快你就能看得到了，我们先来开路吧。"

正当"合体"飞艇打算加速前进的时候，一艘红色小飞艇出现了。它显然将动力调到了最大值，远远地都能听见一股强风在风箱里呼啸打转，随即像一头小公牛似的一头扎进了云堆里，墙壁样的乌云裂开一个不大的洞口。卡鳅说，能不能降低高度，从乌云底下飞过去。金吉尔正色告诉他，积雨云的下端才是最危险的，千万不要有侥幸心理。红色飞艇带了个好头，好几艘本就跃跃欲试的飞艇都鼓足了勇气，它们拉足风力，一艘接一艘冲入了云层。这样一来，两个小家伙的合体飞艇反而落到了后面，他俩跟随着一艘锡纸艇，在别人开辟的通道里飞行。

浓云里黑沉沉的，除了偶尔亮起的闪电让人短暂失明外，只能凭借航行灯的光照辨识方向。卡鳅第一次遇上这么复杂的飞行状况，感觉像掉进了深不见底的洞窟，目力在这种情况下完全失效，只能靠一个简单的陀螺仪确定大致的方位。最危险的是飓风和闪电，不要说被卷入或劈到，即便是储存器或气泡受到损伤，飞艇也只能在中途紧急迫降了。卡鳅忽然记起儿时独自迷失在热带雨林里的情景：藤蔓缠绕，叶树密集，那样的暗无天日给人造成惶惑恐惧、无望无助的感觉。而眼下的现实是，耳道充满震颤心房的低沉雷鸣以及艇尾风箱的嗡嗡声，稍远处偶尔被照亮的乌云像一重重坚固的城墙，近处则是空洞缥缈的雾气和水滴。气泡的除湿功能也不太灵了，舱外的图像显得黏稠模糊，四分五裂。

"密切注意周围的情况，尽可能避开雷电，还有冰雹和暴风。"金吉尔几乎是喊叫着说。

"我知道,别以为我一点也不懂,"卡鳅说,"咱们不跟那艘蓝色鲨鱼艇了,那边气流好乱,我们往右转试试吧。"

没有人能判断云团到底有多大,朝哪个方向更容易出去。卡鳅不时回头观察,金吉尔一直在确定飞艇的方位,他一会儿看看控制台上的仪表,一会儿眼珠四处转悠,口中念念有词。如果说前一段路还是在空中飞翔的话,现在这一段就好像潜艇下潜到了深海,那里面暗黑、沉闷、窒息,在无力的同时又像有力量在蓄积,这是飞艇的力量,人的意志和智慧的力量,还有云层蕴含的巨大力量。

胡桃木飞艇的艇身摆动得越来越剧烈,其后的灌木飞艇也受到了影响,卡鳅的飞艇向左倾斜,金吉尔就随着向右摇摆。鞭炮般炸响的气流惊吓到了透明气泡里的巨蜂鸟,它们扑扇着翅翼,发出匀密的振动声。倒是那几只猫头鹰沉着得多,不过这可能跟它们目前的工作量较小有关。这会儿几乎全是金吉尔给卡鳅发布操控飞艇的指令,在这样的环境下,卡鳅的手显得有点不听使唤,但还是严格地听命于新伙伴的指挥。他们也不时碰见别的飞艇,在气流的冲击下,所有飞艇都开得晃晃悠悠,就跟喝醉了酒似的。只有亲手操控过的人才明白,自己用在操纵杆上的力道比吃饭握勺子的力道大得多了去了。

"我感觉,飞艇差不多快要散架了!"卡鳅大声喊叫着。

他的话并不夸张,飞艇已进入云层的深处,气流忽而上升忽而下沉,极不稳定,银蛇般的电光在身边闪烁游荡,卡鳅发现有一艘小艇没有向前,反倒在慢慢后退,是风力太过强大,还是驾驶它的人吓坏了,开始打退堂鼓?

"要不干脆折返,找回家的路吧,"卡鳅的语音有些颤抖,驾驶舱里的温度很低,最初的湿润感变成了僵硬的冰冻感,"手好僵,我都快扳不动操纵杆了。"

"咱们有点迷路了，卡鳅，"金吉尔摇头叹息，"但是，听我说，现在前进还是回头，又有什么区别呢？云层里没有地图，不过我知道，向前走，一定没有错。相信我的判断，伙计，不要再搞什么右转左转了，我们就一直往前！"

"你是智者还是天生的赌徒？"卡鳅其实都快听不见金吉尔的声音了。他把飞行服的拉链拉到下巴位置，再仔细检查了一遍防风气泡的密封状态，接着将操纵杆推到最高挡，合眼在座位上做深呼吸。

不知过了多久，仿佛无休止的震颤感和上下颠簸都消失了，不再有气流击打艇体的声音，卡鳅才反应过来。电闪雷鸣忽然不见踪影，眼前只有乳液般的薄雾，轻轻缭绕在驾驶舱四周，就像清晨山谷间班德尔神明的白色吐息。他心头一下子感到空落落的，如同刚刚还在猛烈喷发的活火山，瞬息之间灼热的岩浆凝固冷却，天雷滚滚的轰鸣也被死灭的寂静所替代。

金吉尔解释说，飞艇可能是闯进雷暴云的核心地带了，就像台风眼，风暴的核心地带反而成了最平静的地方。他自己其实也没有真正经历过，多数情况下，大多数飞艇都是循云朵边缘的气流通道冲出去的，很少误打误撞来到这片区域。这里是乌云隐秘的心室，神奇地与外界相隔绝，安静异常。卡鳅有一种置身月亮内部的感觉，或者说，这场景完全符合他对月亮的想象。

"这儿是月亮王国，"卡鳅有几分恍惚地说，"有宫殿、兔子和好吃的点心。"

"我们就待在这儿怎么样，金、金吉尔？"卡鳅让飞艇减速了。

"亲爱的朋友，你在说什么呢！"金吉尔正在专心观察云中的变化，没有听见卡鳅的呓语。

"月亮王国。很安全。"

"安全个屁！"金吉尔大声嚷嚷起来，"不要胡说八道，这儿虽然暂时很安静，实际上相当危险。一旦气流开始重新移动，我们就会被撕扯成碎片！"

脑袋向前一磕，卡鳅仿佛闻到了一丝海水的咸腥味，原来他碰到了海星护身符。什么月亮王国，这可是在云层里！他终于清醒过来。

"做好准备吧，我们要尽快冲出去！"金吉尔表达得非常清晰。

"没问题。"卡鳅回答。

飞艇抖动了一下，速度忽然加快，半小时以后，闪电和雷鸣声又回来了。这时四周好像变亮了不少，卡鳅看见好几盏航行灯从眼前掠过，显然又有一些新飞艇冲了进来。金吉尔不断下达操作指令，他们在一个闭合的环形通道里打转，反复变向，接着又向前直冲了很远。某一刻卡鳅见一道闪电在百米外亮起，他下意识地合上眼，光线穿透了眼皮，一切都处于银色强光的笼罩中。进入云层以来，控制台上的仪表指针持续剧烈摆动，来回乱窜，有时处于失灵状态，如今稳定多了，估计飞艇已经接近云层的边缘了。

"加大速度，加大速度！现在可以一直向前了，可以一直向前了！"金吉尔激动得口齿都有点结巴。

卡鳅把操纵杆向前推到底，飞艇发出沉闷的咆哮，就在一瞬间，混沌消逝了，大片裹挟着咸腥味的新鲜空气迎面扑来。一轮皎洁的月亮高挂在墨蓝色的天空，那一堆聚合不定、崇山峻岭般的庞然大物留在了飞艇的后方，同时脱离云层的还有好几艘刚经历了千难万险的飞艇，大家都下意识地放慢了速度，似乎还想在胜利的余绪中沉浸一会儿。遥远的天际有一个酒红色的小点，是那头率先挑战乌云的公牛，它可能是所有的飞艇中速度最快的。

"太厉害了，他肯定会得到'优秀'。"卡鳅赞叹道，"他没有想太多就冲进去了。"

"我只能说，一个真正优秀的选手不会这样冲动。"金吉尔皱了皱眉头，"不过他要立志做一个赛艇手的话，班德尔的神一定会护佑他。"

"没想到你真的这么有经验，我的朋友。"卡鳅回过神来，"一开始，我觉得你牛皮吹得有点大了，不敢相信。"

"那是当然的啦，我都不知道是第几次穿越大型乌云了。"金吉尔用手指漫不经心地插梳着头发，"你用一次拖艇的人情换来了专业的指导，我想说，真的非常赚。"

两艘拼在一起的飞艇穿过薄薄的云朵，继续在夜空下飞行，其间又有几艘飞艇超过了他俩，不过他们都没有穿越云层前的速度、激情和狂傲了，驾驶员们现在只想完成自己唯一的使命：飞往目的地。

"我看到第二座岛屿了，"卡鳅说，"接下来不会再有大的危险了吧？"

"根据我的了解看，委员会不至于再为难我们了，毕竟这只是个仪式而已。尤其是老爹老妈们，如果觉得太危险，他们会提出抗议的。"

"嗯，说得有道理。"

"接下来，你就去干你该干的事吧。"

"什么是我该干的事？噢，妈的差点忘了。"

"难得有我照看着你，"金吉尔似笑非笑地说，"作为飞艇驾驶员，你有必要掌握这门技术。来，我们降下去吧。"

熟悉的失重感又来了。卡鳅按下绿色按钮，巨蜂鸟们放缓了振翅的频率，像获得了恩赦似的，在气泡里自由地飞来飞去。随着风箱噪声的减弱，合体的飞艇慢慢降低高度，向海平面接近。这一带海面也不是空无所有，在离巴伦岛两三公里的位置，有十余艘单人船在随意滑行，木船、金属船、纸船，各种材质的都有。

班德尔的船不使用帆，但同样依靠风力，所以风力储存器又派上了用场。卡鳅半眯缝着眼，竖起耳朵仔细地听：他听到从不同方向刮来的海风汇聚到一起，形成了取之不尽的能量；班德尔人用传统的方式收集能量，用在船舶和飞艇上，然后驾驭这片海域。

金吉尔取出一张纸，几支彩色笔，开始画一幅画。他先画月亮，接着点染出海水，再放上几艘小船，最后才绘制空中这两艘连体的飞艇。粼粼的水波接收又反射着来自月亮的光线，相互混融成一圈圈破碎的光环，漩涡般在画面上晕眩、打转。

"我被限制在飞艇里，"金吉尔喃喃地说，"看到的只是局部，看不到整头大象，这才是最困难的。这幅画需要一点想象力，跟技术没有太大的关系。"

"拜托，别提你的画了好不好，"卡鳅的脸颊微微抽搐，额头缀满细小的汗粒，"我头晕，恶心想吐。我要把高度拉回去了。"

"别急啊，卡鳅。"金吉尔将目光从画纸上收起，"我说，你丢了魂儿似的盯着海面，眼睛一眨不眨，能不晕吗？把你的注意力转移到别处试试。"

那我就转换一下，卡鳅想，尽量克制住拉高飞艇的念头。他找到一只小船舷边的杏黄色浮标，月光下的浮标像一尾舞蹈的小鱼；随后目光移到远处，那里有一只鲸的尾巴，它藏在云彩的阴影里，喷出矮壮的水柱悄悄换气。

"看那只船！金吉尔，"卡鳅指向一艘小小的纸船，兴奋地挥起了手，"是我的表弟，小斑比的船。嘿，他明年也会报名参加夜航考试。"

海水涌动着，一个大浪打来，小船颠簸起伏，接连后退。不知不觉间，卡鳅又紧张起来。尽管没有风暴，但波浪一点也不叫人安生，单人小船在海上有如玩具，它们只能顺应洋流，在前进中后退，后退再度前进。小斑比的纸船在船队中并不显眼，它过分轻盈，很容易被风浪挟持，但却不屈不挠，一直奋力向前突进。

卡鳅松了一口气，他感觉自己已不那么紧张，不那么提心吊胆。跟关注小船队训练同步，他驾驶飞艇平稳地贴近海面，超低空飞行了将近二十分钟。

"我一定能成功，"卡鳅兴奋地说，"今晚飞完夜航，我将拥有飞艇驾驶执照，成为一个合格的飞艇驾驶员。"

"没问题的伙计，你很厉害嘛。"金吉尔的彩笔画也成形了，画的是夜幕下的大海，两艘小艇飞行在又圆又大的月亮中间，色彩和构图都漂亮极了。

小卡鳅反复端详了这幅画："画得相当的好。不过你也画得比较传统。你有看过《科普旬刊》吗？月亮不只是一个圆圆的球。"

"不是，那我——大概眼盲了？"

"它不是一个普通的球，科学家说它的直径有几千千米。你见过如此庞大的家伙吗？比一百座积雨云还大，它眨眨眼，也许就能把整个班德尔吹走。"

金吉尔瞪大浅蓝色的眼睛："我的天，我真的不明白。"

"噢，你知道，我只是好奇，"他稳住操纵杆，"月亮上不一定有生命，但我觉得上面有月亮王国，这确实是说不准的事儿。就像这片海域有波奇王国一样！"

金吉尔愣了愣，摇晃着墨绿的卷发哈哈大笑起来："好吧，我相信你，我的朋友！"

飞艇行驶得很平稳，而月色在不停地变化：刚升上海平面的时候，卡鳅看到月亮还是薄荷色，不一会儿就成了银白色，大大方方地挂在夜空中了。天空的边缘有几颗星星若隐若现地闪亮，卡鳅想，它们会不会是另一个世界的月亮呢？一个大得多，更加气派更加明亮的月亮。不过他并没有羡慕或是失落，他只是欣赏和感激眼前的这一个，因为它让他的内心充满平静和喜悦。

不远处的大地上浮起一片闪亮的灯海——班德尔很快就要到了。

《人民文学》2017 年第 7 期

《中华文学选刊》2017 年第 9 期

大海报

一

前厅的地板灰扑扑的，平时地砖散碎的反光，现在一点也看不见了。室外天色暗淡，屋里飘浮着一股刺鼻的异味儿。贴近玻璃窗护栏的黑色木桌上倒扣着一排椅子，每到晚间下班，张恬就会把它们一张张提溜起来，坐板朝下拍在桌面上。十多个小时以后，天光重新从外面透进室内，又得让它们下来四脚着地。

头顶天花板的角落里，镶嵌着一只亮闪闪的红色"眼睛"，用杨琪的话说，那是一枚"鬼知道是不是二十四小时不间断工作"的监控摄像头，摄像头斜对过是椭圆的服务台。张恬第一次看见这个柜状体时就意识到，这是个劣质的赝品——密度板贴皮打造出来的货色，木纹鲜亮，人工痕迹明显，看上去就廉价没档次。除了张恬交叉的手，柜面上还搁了台十二三寸的显示器，分辨率很低的屏幕闪着微光。

杨琪的座椅正对着显示器，他特别喜欢摆弄电脑，尽管这台机子性能很糟糕，估计是十年前的水平。它的处理能力有限，几乎不堪重负，机箱内的风扇不时发出刺耳的嗡鸣声。但杨琪总觉得它还能撑上一段时间，或许一个月，或许一周。张恬坐在杨琪的右手，他的椅子上有个蚕豆大小的洞，不知道是虫蛀的还是别的原因。无所事事的时候，他脑子里老是会强迫性地出现一个画面：就像灾难片里的大地震那样，以孔洞为中心，原本完好的椅面瞬间出现大量放射状的裂纹，很快吱吱嘎嘎地龟裂开来，然后咔嚓嚓碎成一堆渣，他自己则一屁股跌坐在地下。

而实际上，他们对面天花板与墙壁的转折处还有一个监控器，跟另一只独眼遥遥相望。不过它们视域里完全没有彼此，只是分别俯瞰着各自下方的监控区。

张恬仿佛在梦里，或是在另一个时空听到了杨琪沙哑的嗓音，尾音拖得很长。

"电闸——开了吗？"

"你说啥？"张恬肩头一缩，打了个冷噤。

"我说，不要充漏了电。张恬。"

杨琪嘴里的每个字都变得清晰了。

"行了，我啥时候忘记过。"

张恬摇了摇头，他可不喜欢杨琪的口气。

"你是在怀疑我的执行力吗？"他又说。

"记忆力。"杨琪说。

"刚刚睡着了。你是不是说啥来着？到底是在说——"

杨琪拍打着张恬的肩膀，指着电脑屏幕说："看看。"

"哪个？"张恬眯着一只眼睛。

"哦，这他妈不是记账簿吗？"

杨琪点着头："没错，十二月前半个月的账。"

"话说明白，别他妈跟我扯什么数学、会计呀，这类烦人的玩意儿。"

"这两个月收支都是我统计的，"杨琪说，"当时老板叫我用这个软件'一笔一笔账记着'算下来的。"

"别给我看账簿,看了头痛。"

杨琪完全理解张恬说的头痛,或者说,几个月前,他们都患有某种癔症,一种不会导致任何结果发生的病。那时候他还待在美术学院,每天有很多横放和竖放的陶瓷罐子给他催眠,于是他整天半睡半醒。当时的杨琪,此时张恬想强调,当时的他一定会双脚赞成用一幅巨大的油画遮住所有愚蠢的密室逃脱宣传海报的提议。美院的学生们很友好,他们充满了观察和愤怒,课堂上,老师通常会提醒他们:你们需要专注,尤其是笔下屈光不正常的同学,在杂物间角落里和凡·高窃窃私语的同学,你们能支撑自己成为一个画家吗?遇见美术史论专业的教授,你会在他后面跟随还是逃跑?那时的张恬,也认为时间回溯理论是在电子自旋共振实验中产生的。

后来美术学院换了一扇涂鸦的新后门,张恬一直坚信它模仿的是朱里诺·若热的作品,尽管模仿者只是设计师的助手。教艺术评论写作的老师说,其实不少大师的作品都是助手一起生产制作的,他还在课堂上告诉大家,这个季节是大量风寒被吸入虫洞的高峰期,没有人乐意因某些不可控的原因再一次遭受打击。

一幅有争议的作品,下面通常簇拥着一群歇斯底里的学生——这帮艺术学徒每天早中晚可能都会有波纳尔、蒙克、特德斯基佐餐。作品透露的信息是,随和也是不错的,张恬就搞丢过关于波纳尔的理性早餐论阐释。一个戴眼镜的绘画系男生说,给他三秒钟解释为什么要搞丢这个概念——每当他们这样发问,张恬总是感到困惑。

终于挨到四年结束快离开美院的时候,老师建议张恬从业时多考虑展示系统方面的工作。展示系统属于内部的称呼,不是艺术管理策划专业的学生,很难搞清这类行话。经营该系统的同学往往会在街头或其他公众场合声称："哦，我们今天不再被陈旧的××主义的狭窄概念控制了，世间有了新的系统，将通过展示系统把它们编写出来。"而路过的人丢来很多洋葱圈和白眼，说："我们不需要任何系统。"学生们听到那些混账话，会气得雄赳赳地到处走来走去，甚至表演走钢丝。张恬认识一个同学可以非常优秀地走一段钢丝，如果谁现在到街上去，随时都可以见到他在演这个节目。

"我们把那个称为钢丝系统。"张恬说，不知道是在向杨琪推销还是在梦呓。他们花了四年时间，完全从反方向来理解前几个月才突然出现的概念。"这是新的文艺复兴，"张恬对杨琪说，"你不得不承认，是一个坏主意。"来到大厅之前，许多名人参加了C市美术学院的毕业典礼，有很久不见、你仍然以为、好像还可以接受的几位角色零零星星地到场。他们分别微笑着宣传了胶囊系统、谔系统和番红花系统。张恬遇到其中一个并询问他关于某些新的秘密，他点头致意的那位是海报先生。海报先生说："从来没有听说过这个系统，你们的展示系统烂大街了，最好离它远点。"

张恬感觉到海报先生并没有要挟他，只是他还没能够完全明白。

最后张恬效仿了很多小新生物的应对机制，采取了相当简单的滞留措施。如果你在每年的关机季节来到美术学院后山，将会目睹大量的蒲公英种子迁徙。蒲公英种子有着白到透明、轻飘飘的绒毛，绒毛含有摇滚因子，导电并且可溶于水，所以这种旅行必须在雨季来临之前像蜗牛一样以它的最快速度完成。

张恬没有想到他们陷入了蒲公英种子的僵局，或者说，是一场骗局。就在海报先生对他一番好意的咀嚼之后，他竟然没能立即意识到其中的重要性。

杨琪却好像没受到任何影响，他发出熊和蚊子摩擦似的静电声，跑起了一场马拉松。张恬还在为展示系统如何展示发愁的时候,杨琪买了很多去大厅的门票。

"我们需要重新做一个评估,"杨琪说,头扬得老高,张恬完全表示同意,"系统框架无法勾勒的情况下,我们理论专业的机器人才不要像别人一样拿起武器。"

其实他们压根就没做重新评估。

"是这样的,"杨琪说,"地方并不远,在市中心的位置,一栋写字楼里面。三十三楼,我去那边玩认识了密室逃脱游戏的老板,他问我要不要去做兼职。我想,既然毕业了为什么不去做全职呢?而且他们不止缺一个人,如果你想干,我可以带你一起去。"

张恬盯着屏幕跟前的记账簿。

"我知道,下次十二月份的账我来记行了吧,当时我不也坐在旁边吗,我又没跑。"

"我说的又不是这个问题。"

"那你倒是说说。"

杨琪抚平了一根支得很长的头发,对着显示器哈了哈嘴,嘴里冒出一片白气。

"那个……统计学怎么说的来着,"他望向张恬,"总之十二月份前半个月的收入,比十月和十一月份的收入都要高。哦,比十月……十一月前半个月的收入要高。"

"这么高?你是说比两个月加起来要高,还是分别比每个月的高?"

"分别。"

"你是说十二月份的生意还可以,你想表达这个意思吗?"

"我是在分析,分析懂吗,"杨琪翻了个白眼,"收入状况,收入曲线，淡季旺季，即整个行业的前景。"

"如果你指的是会计行业，"张恬提高了音量说，"前几个月你还在说数学让你头疼。"

"因为我当时偏头痛犯了，不然呢？"

"'谁理解塞尚谁就理解立体主义'，要么挂一幅《圣维克多山》的画儿把墙上所有的海报都挡住？"杨琪说。

张恬也只得翻了个白眼。

二

杨琪喜欢待在角落里，背靠墙壁的九十度内拐角，他坐在一个吧台用的可旋转红色圆凳上，没有靠背。老板才不想再买一把有靠背的椅子，他只想通过天花板上的两个监控器来评估员工一天的工作，然后以适当的时机出现在店里，说一通废话。

舌尖碰到上嘴唇，张恬的思路又回到了头痛上。今天是非节假日，中午真没啥客人，至少得昏昏欲睡地坐上好几个小时，才会有人陆续出现。杨琪还坐在电脑跟前，念叨着关于记账簿上反映的问题，用一个小本子记着什么。很快他又关掉了记账簿软件，翻开一本纸质小说集。

杨琪回过头说："四个电闸都确认开了吗？"

张恬摇了摇头，柜台上的电话机响起一阵沉闷的铃声，杨琪懒洋洋地翻了一页小说。

"接呀。"张恬说。

"嘿，你难道不能伸出你的手吗？"

"你才是近水楼台。"

"不要耽搁我看小说。"

"记住了，下次一定是你接。"张恬说。

他一把抓起听筒："喂你好，密室逃脱。"

一个尖细的女声说："是杨琪吗？杨琪在不在？"

张恬深吸了一口气，皱着眉头把听筒塞到杨琪怀里。

"你的电话，杨琪，"张恬故意用尖声尖气的声音模仿道，"你的粉丝指名道姓叫你接电话哟。"

杨琪抢过话筒。

"喂？哦，雅静，哈喽。"

杨琪右手握着听筒，左手摆弄着小说的纸页，翻过去又折回来，上提的嘴角旁凹出两个毫无笑意的酒窝。

"下午五点过来玩？好的好的，没问题。没问题没问题，哪怕谁先预约了，我们也给你留着位置，好吧。"

"这周我一直在上班啊，只有星期四休息。"

"再见。"这个词他倒是吐字非常清晰。

杨琪把听筒放回原处，又开始看他的小说，在他打电话的时候，小说的页码往回倒翻了几页，他发现自己都不记得看到了哪个部分。

"我的天。'再见，再见'，我巴不得每次只说这句话。"

"今天又在看什么小说？"张恬边问边凑个脑袋过去，"你确定看得懂他在写什么吗？我说，你不信教吧。"

"怎么，哦，你这个无神论患者，会被密室里的鬼吓到？"

"你别说，那个一脸衰样的穿斗篷的鬼说不定真能，"张恬说，"那个鬼东西，我第一次去收拾房间被它给吓一跳，要是把来玩的人吓出心脏病，也算一种安全隐患。"

"做得那么粗糙还吓人哪，一看就是业余工匠造的，"杨琪反驳说，"要是让连浩那帮雕塑系的人来做这个鬼的模型，才有点趣。我早就想说这些道具——"

杨琪忽然看了眼监控器。

"这些道具还不如交给本人来做，只收一半的人工费。"

"你真是个外貌协会。"

"不是你说得不对，"张恬说，"但是密室里，最重要的明显是气氛。黑乎乎的，可能人家都看不清鬼长什么样子，况且要是真把人吓死了怎么办。"

"所以我是想做那个尽善尽美的人，你只是想打发一点时间，"杨琪说，手里的书翻得飞快，"今后要是我投资开一家密室逃脱，我设计这种模型肯定用上我的知识储备。想想博斯的画怎么样，'人类的沉沦和罪恶''基督教大裂变'之类的中二主题。密室分为三个房间：伊甸园、人间乐园、地狱。里面随便一个对象都能做成道具。"

希罗尼穆斯·博斯，张恬当然知道，杨琪最喜欢的画家之一。杨琪倒是想到了博斯画中的奇异景象，却没有想到他每天坐在家里织毛线衣或者看小说的样子。你可以到荷兰，要么去德意志去寻找一点博斯。假设他来到大厅参加一场密室逃生，这对杨琪来说是个考验，该考验最重要的部分是：手法。上针，下针，平针，斜纹，凹凸，跳色。除此之外也有插入书签、跳跃式阅读、倒翻以及颠倒本体。考虑到技法较为生疏的情况，杨琪几乎每次都会选择倒翻，这是空气流动导致的自然选择。

考验完成之后，你会展示出一些艺术价值，至少展示者会告诉别人："我展示了一些艺术价值。"系统手册里有详细注释。那么当考验完成之后，美术学院的学生们会合称为学分、绩点的遗传学基因所绑定。它们在浴室占据了许多空间，一般来说，即使不洗头，单单淋浴，相互作用下它们也会无休无止地霸占掉博斯织花边毛衣的时间。

当张恬理清楚了这些关系，发现它们不是戈尔吉亚斯说的原话。既不是氢气球上升到对流层，和大气密度亲切地打招呼，同样，没有人喜欢在关系面前触礁，即使是珊瑚礁，甚至香蕉，一条鱼也不愿意。X教授告诉他，你需要一个理智、冷静的头脑处理这些关系，把它们放入系统评估，高气压中心会传来很多坏消息。

现在张恬不得不自己教自己，之前有别人来告诉他，嘿，张恬，我们去干这个吧。小子，你扔球的同时，要注意腰部发力，从手臂传递到手腕，不讨论这个了。张恬每次做完发球的工作，衣服全湿透了，毛孔张大了豁口想要呼吸，巴不得进行一场关于时间回溯的旅行。用海明威的话来说：流汗。

"明天，"张恬说，"我会用九十度的力道控制那条光的折返路径。今天，我还不能。没有折返，也没有别的路可以走，真是见鬼。"

美术学院的图书馆是一只尖刺特别突出的榴莲，有人小心翼翼地刮了它的皮，把表面的涂层彩漆刮花了。图书管理人要表达这么一个理念。张恬来到他的地盘，借人生中的第一本学院派著作：《小狗装修》。图书管理人嘴角上扬，露出一个不经意的讪笑，《小狗装修》当然只适合刚开始接触脊椎动物亚门的理想型学生，要是他们深入到更骇人的层次诸如：哺乳纲—食肉目，领悟到装修一只犬类原来是装修狼的近亲，将会多么震惊。那一天到来之时管理人希望张恬能记起这个性质高调的讪笑。

图书管理人还意识到一个事实，他并不管理图书，图书只是个前缀。他管理每个想借走狄俄墨得斯和德慕斯的学生，所有的证件都需要从他的手上复制一次，他画的油画里一共有九万八千四百三十四张证件，包括学生证、榕树证和鸡瘟证。

"证件，一定齐全。"图书管理人说，伸出手中的鸡毛掸子。

"但不是每个人都善于利用机会，你知道的……"

张恬想告诉他的是："通透、明亮的玻璃墙。好像看清了外边的世界。好像我其实就是自外边的世界进来的。人们喜欢把里里外外比作一个囚牢，如果你逃脱这些囚牢，付出代价才会获得新鲜的胡萝卜！"

图书管理人态度不同以往，生硬地转动头部。他的头发，从帽檐底下钻出细碎的尖刺和锯齿，张恬告诫自己人很少有这么不友善的时刻。

张恬没有料到他无意中借到了那本书，一本表面潜伏着肉毒杆菌、大肠杆菌等几千位朋友的畅销书：《密室的秘密建造历史》。破折号后面还有一个小标题：仅代指密室逃脱。看起来在卡利漫裘斯发明科林斯柱式前，约公元五世纪，世界上已经诞生了密室逃脱的雏形。这些雏形对于密室建模非常重要，有极大的参考价值，或许希腊人并没有意识到他们那些只有柱子却没有门的神庙反而为此提供了喷泉般的灵感。因为第三张海报的第一关，你需要找到一个泉眼。

密室逃脱终于来到了社会，在这个季节，穿上了一件厚厚的毛衣。一个人，又一个人，男孩到大妈，学生到上班族，密室文化在当代已经演变为一种电梯上下行非超重运转机制。一旦它开始启动，嗡嗡作响，厢状吊舱就需要靠这些承重钢梁获得每一天的运动券。

三

张恬打了个喷嚏，他又闻到那种刺鼻的味道了，像刚涂过的油漆正在挥发甲醛。

他趴在窗口眨巴着眼睛，到今天，窗外积水的颜色显得又深又浑浊，尽管它仍在被新的雨水稀释，但排水量和积水量不成正比，情况只会更加糟糕。张恬点了支烟，坐在凳子上，他可以一直不停地往外看上几个钟头，却不感到无聊，就像某部电视剧说的那样：只有无聊的人才会感到无聊——这是错的，无聊之人不知道什么叫无聊，这才是导致他成为无聊之人的根本原因。

"不过是个文字游戏，"杨琪擦拭着镜片上的水花说，"无聊的人既可以指自己觉得无聊的人，又可以指让别人感到无聊的人。那个所谓错误的观点说的是前者，我觉得两种说法都没啥问题嘛。"

"有什么区别？"张恬吐出一口烟。

"区别就在于，"杨琪翻动着手掌说，"说这些话的人设身处地为当事人想过吗？哪怕是一个白痴，我们也要考虑多种可能性。首先我们要知道他的成长环境，年龄多大了；其次，他的无聊是众人公认的吗，还是只有一部分人认可？就像一只动物，发情期到了吗？生病或是受到惊吓？网上说什么的都有，我完全弄不清要参考谁的答案。"

"区别在于，在你的眼里他根本不是一个人，"张恬坐直了身体，耸耸肩说，"你的问题还未得到解决之前，无聊就是它的替代品。然而大自然里规则要简单得多，无聊就是无聊，好多人这个年纪还觉得这是非常正常的事。"

"我不置可否。"

"妈的，"张恬头靠在墙上说，"我发现每天不用那么早开电闸。见他的鬼，好像中午什么时候来过人似的。"

杨琪跷着二郎腿，转动椅子面向张恬：

"看这个新闻——'警惕，密室逃脱道具或有安全隐患'，没想到这玩意儿还能上新闻网站首页。"

"你说那个雅静，这周才星期几，已经第三次来了。"张恬突然说。

"啧。"

"哎哟，杨琪。你别装作不懂人家的心意。"

"小兔崽子，信不信我打死你。"

"打不过打不过，"张恬举起双手装作投降，"人家不就……长得丑了点吗？你不能用世俗的眼光去审视别人姑娘家，学学别人，你虽然不是艺术界的领袖人物，好歹是沾过点光的，想一想？马蒂斯的画其实也挺美的嘛。"

"你那么喜欢沈雅静，等会儿她来了你去接待吧。老子等会儿翘班走了。"

"翘班走了？看到没，"张恬指向不远处亮着红点的摄像头，"老板的眼睛无处不在，你还想翘班？"

"我辞职行了吧？反正前天刚发工资，你还有半个月才发，这半个月你最喜欢的马蒂斯全交给你了张恬。"

"别生气了，开个玩笑，你以为我看到她不头大？还非要工作人员陪她进去玩。"

"什么东西，安全隐患？几个纸人几块泡沫能有个屁隐患啊，食物中毒吗？"

"她说几点钟到来着？"张恬问，"你自己看着点，到时候别把房间搞混了。"

"五点，还早得很，"杨琪边说边若无其事地看了眼手表，"我们先去五号房间把昨天没收拾的道具弄好，趁没人来时正好打个盹儿。"

杨琪一拍脑袋说："明天不就是星期四吗，哎呀，这是上帝的旨意。我终于可以不用来了。"

"你至于吗？"

杨琪说："我发现自从我每周只休息一天之后，就没有日程安排了。"

"你每天按时上班，按时下班，睡觉起床，不是比任何安排都要安排。"

"不一样，别人为你安排好的不一样。用书上的话来说，这是一种困境。"

"你不是想说，上班以后生活在牢笼里了吧？"

"我是想起了田教授说的那幅雅罗申柯的画儿。哎哟，一堆人挤在小房间里。"

"我们不是在大房间里吗？"

"你别老抬杠，"杨琪站起来说，"而且，以后我会画一幅比他那张厉害得多的画。"

密室的五号房间里最不起眼的是一张塑料桌，上面放着一堆望远镜、火柴、羊皮纸和沙漏这样的杂物，让人忽略了有张桌子的存在。张恬打开了大灯，墙角倚着几块泡沫板，得将它们复位。泡沫板旁边是一个蒙着紫色头巾、罩着白色（鬼知道是不是丝绸）面纱的塑料假人模特。它披了一件破烂的亚麻斗篷，从略微凸起的前胸来看，是一位女性角色。她伸出右手，五指摊得很开，白色的手腕露在外面，这只手是用来盛羊皮纸的。要是游客触发了机关，戴面纱的神秘女人就会从泡沫门板后面出现。

"这模型要是不用斗篷盖住，真的做得粗糙。"张恬说。

"关键是她盖住了，这面纱，我想起了以前看过的一本恐怖小说，张恬，"杨琪揉着眼睛说，"哦，不是恐怖小说，什么世界未解之谜。这些戴面纱的东西应该和那种木乃伊相似，挺邪门的。要是你不经意间路过，可能会听到它们的呼吸。你知道吗，呼吸声。"

"老子才不想听你念叨这些。上次说四号房间的蜡烛自己在发亮。搞得老子现在都不敢一个人进去收拾东西。你是不是欠打。"

"心理承受能力差别干密室这行呀，"杨琪翻了个白眼说，"当初不是你非说'哎呀我不想回家，把我也介绍给老板吧'，我才懒得跟老板说呢。"

"你自己当初说的毕业了，不是还要当独立策展人吗？"

在张恬想到策展人这个念头的时候，策展人自然而然地来了。他嘴里嚼着一片泡泡糖，可以吹出很多形状，诸如：博物馆馆长、资金筹集、地盘陈列。策展人对于某个系统的说法，绝对是大加批评的，没有人可以告诉他，他不独立，可以被规则框制。"不可以。"他说。他不会让你把密室逃脱这类上古产业和一个新兴职业联系到一块，牵涉到赋税以及此类更沉重话题的情况下，产业之间的分离是非常符合市场自主调节理论的。策展人会把这些小事记录下来，在展览上铺展出来，他记在大脑褶皱表面，记在卫星轨道上，以防有真正对它们感兴趣的人出现。

他们还需要一些海报，大量回形针进货。策展人要把它们卷成漩涡的形状，这样每张海报才能牢牢地贴在展牌上，贴在画框上。策展人还有浸湿的海报，这和通常的海报不一样，他夹着公文包跑来跑去，举起高脚杯摇头晃脑的同时，浸湿的海报们早就直不起腰了，实际上，最严重的后遗症可能是粉碎性断裂，像山边的断崖那样。大多数海报和浸湿的海报都是美术学院的助手们帮忙做的，跑到大街上发表演说，爬杆、钻圈、跳板、飞人、转碟、蹬人他们都会。

"回形针形成的漩涡当然和黑洞不是一个量级的，"策展人说，"回形针固定，是我做过最好的固定。"

张恬抬起头看向监控器。

"要我看，"张恬早就说过，"它们的监控重叠区域超过了百分之八十，基本上属于怎么说来着，浪费资源。"

杨琪指出："我们坐的地方，就是你说的百分之二十。"

"我们是内部员工，"张恬皱着眉头说，"干吗要用眼睛照着我们。"

杨琪歪着脖子摇了摇头,表示他才不在意这些。

"看到四扇门没,"杨琪指着对面的白墙,有四个规格一致大小整齐的入口,黑洞洞的,看不见里面到底有啥。

"看到了。"

"这里面没有监控。"

"得了吧。"

"真没有。"

"要不是里面的道具把我手都搬肿了,我可能会考虑进去参观。"

"我相信你不会。"

"我还真不会进去几次了,你数数,十二月还剩不到十几天。"张恬说。

"我们干了挺长时间了,嘿,不知道老板会不会发点年终奖金。也不管他发不发,我可能打算回家创业去。"张恬接着说。

"创什么业,卖画?"杨琪眼睛瞪得老大。

"还是自由、独立策展人?"

"就搞密室逃脱,有问题吗?投资也不高,但是老板不用来上班。"

"投资不高,上哪儿找这些钱呢,张恬。"

张恬耸了耸肩。

"要不我们合伙投资。"

"你直接说,问父母要钱。"

"创业期总是艰难的,"杨琪说,"问我爸妈要,我说的那只是借,赚了就还回去。"

"我的那份你也帮我借了吧。"

"你说得轻巧,"杨琪赶蚊子一样挥了挥手,"你说自己装修个密室难吗?我觉得吧,和策展挺像的,各种机关道具的设计和摆放要讲究,我们难道懂得不比别人多吗？"

"我自己画一幅油画放在房间里面，不比用PS软件合成的山寨海报厉害多了。"

"说得对，你可以贴一张大的，放再大都看不到马赛克。"张恬说。

"不要这张古董柜台，要换张新的。"

"没错儿，要换张新的。"

"再换个十五寸的电脑屏幕怎么样。"

杨琪看了看这张黄色的木板柜台，咧开嘴，右手四个中指节轻轻地敲击着台面。仿佛有什么画面在他面前铺展开来，他点头说："当然。门口还要贴一张大大的海报。"

他摊开手臂比画起来："老弟，像这么大。不管是塞尚、博斯，还是什么漫画。我说，如果大家不介意的话，越大越好。"

《山西文学》2019年第3期

养狗记

墙上挂钟突然走动起来，秒针发出啪嚓啪嚓的声音——很长一段时间，张恬都没留意出租屋里有这么个玩意儿。这块钟方方正正，隐藏在阳光照不见的那面灰墙上，让人误认为是一个画框。现在，它又开始工作了。拂开蒙尘凑近了看，黑色的秒针又尖又长，就像是什么东西投射出的影子似的。张恬想，这玩意儿应该有不短的年头了，储电耗完，指向的时间恐怕也错乱了吧。

"看来还是得把它扔掉，"几天以后他对自个儿说，"一个人听这声音有点瘆得慌。"

作出了上面的决定，张恬打起精神离开乱糟糟的床铺，吹着口哨，T恤短裤一股脑儿套在身上。在拆卸挂钟的过程中，受到惊扰的灰尘覆满他的手掌和小臂，还有不少掉到了地板上。做了个简单梳洗，张恬提着装有这个方块机器的塑料袋走到楼梯间，发现昨天的垃圾还满当当塞在大垃圾桶里面。

"不是都中午了来着嘛？"张恬只好把袋子搁在垃圾桶旁边。

楼下公交站牌前零零散散站着几个人，座椅被晒得发烫。周围全是高层住宅楼，左一栋右一栋，视线都给遮挡完了。张恬感到莫名地烦躁，天这么热，公交车却迟迟不见踪影。他习惯性地掏出手机来看：恰好中午十二点过，公交车司机会不会撂下车去吃饭呢？

张恬右手边有个背着个大书包的学生，身高只到他的肩膀，脸色绯红，两条瘦腿看上去晃晃悠悠的。小家伙不像平时等车乘车的那些人，一个劲儿不停地看手机——张恬很奇怪他为什么没有加入低头族。学生戴了副小眼镜，一副心事重重的样子，张恬忍住了想要揶揄两句的冲动。

"哎，"张恬伸手捅了捅他的肩膀，"说实话，你是不是丢了东西？"

学生慢腾腾摇了摇头，用手扶住眼镜，生怕它掉了似的。

"哪个学校的？"

"隔壁中学。"

张恬努力想了想，仍不明白隔壁中学是咋回事，他对这座城市一直说不上熟悉。

"小兄弟，"张恬十指交叉放在脑后，"你说，公交车中午不会停开吧？"

那人却不回答他了，张恬挠了挠脸颊，自己也觉得问的问题没意思。他脸上有一个小疙瘩，不知跟蚊子有没有关系，老是间歇性发痒，不得不随时抑制住去挠的冲动。看手机，屏幕显示十二点零三分，时间肯定准确，因为有云同步功能。

"小兄弟，你每天这时候过来等车吗？"张恬说。

"我是女的！""小兄弟"声音尖细地回答，涨红的脸撇向一边。

张恬耸起眉毛，愣了几秒钟，嘴里才蹦出个"噢——"。

十二点过二十分，公交车终于到了。车上的司机脖子上搭块湿毛巾，气鼓鼓的样子，不像是吃了午饭。

"到步行街吗师傅？"

"怎么不到呢？"司机说，仿佛很生气地重复了一遍，"怎么不到步行街呢?"

　　步行街指的是××街一带的商圈，前几天，张恬看到步行街一家宠物店的广告，说是有各种免费充值折扣，于是决定来看看。按理说他需要兜转几圈才能找到的，因为步行街面积不小，密集的商铺看下来得花不少时间。不过他运气不错，很快就发现了宠物店的招牌——那是一对卡通猫狗的半身像，猫的鼻梁挨着狗的脸蛋，看上去很亲密的样子。可实际上它们并非那么和谐无间，昨天张恬才在小区看见一只猫被狗吓得跳上树的情景。宠物店的空调倒是挺凉快的，前台坐着三四个店员，身穿粉色短袖衬衫，衣服上的 logo 正是那对猫和狗，哥俩好。

　　一个店员从里面艰难地走出来，向张恬点了点头——他一头金黄的卷发，脸上有几粒明显的青春痘。胡楂儿没完全剃干净，左嘴角翘起一根挺长的胡须，让人感觉很好笑。

　　"你好客人，"瘦瘦高高的店员含混不清地说，"有什么可以为你服务的?"

　　"哦，我想买点狗粮来着。"张恬赶紧说。

　　店员点点头，伸出一只细长的胳膊示意跟他往里走。

　　"有狗玩具也可以看看。"

　　"狗玩的玩具我们这里也有很多。"

　　"我知道，我是看到你们这儿打折才过来的。"

　　店员的步子很快，店面也很大，不止一处通道和入口，弯弯拐拐，扑朔迷离。张恬边走边揣测，不会这宠物店只是一个幌子，里面其实是别的什么奇怪地方吧?不过怪事儿并没有发生，他们走进一个灯光明亮的房间，隔着一层玻璃，漂亮的铝合金展示柜里，品类繁多的狗商品让客人眼花缭乱。屋里顾客不少，貌似以年轻男女为主，也有少数大妈大叔，他们牵着外貌体态个头差异悬殊的狗狗，嘤嘤嗡嗡地品评、比较、交谈。张恬正在想没带狗的自己是不是显得有点另类，不料有个穿运动背心的小男孩越过人群跟他挤眼睛——他站在一位牵棕色大狗的女人旁边，女人烫了个波浪头，估计是他妈妈。

"嗨，"小男孩走过来，"你是第一次来吗？"

"没错，"张恬说，"我打算来买点狗粮。"

"那你可要注意喽——"

"为什么？"

"当然是有原因的了，"男孩睁大眼睛说，"这店的狗粮卖得超级贵。"男孩指向那些内部有顶光灯的漂亮展示柜，翻了个白眼，"差不多都比网购高几十块，同样的狗粮，网上卖一百八店里卖两百三，还好意思说是优惠。"

"是吗？现在都这样，先提价再优惠呗。"张恬说，扭头看看不远处的店员。

"我给我妈说了，她根本不信。她说上网买浪费时间精力，好像跑到宠物店来发呆就不浪费时间。"男孩表情搞笑地模仿说，"'哎哟，儿子哎，现在的社会，时间就是金钱，不要一天到晚在网上东看西看了'。"

"其实你妈的话也没错，只是她做错了示范。"

"你说得对。"男孩点了点头。

"我过来主要也是想了解一下，"张恬说，"不然我就去网上买了。"

"你可以问我啊，"男孩说，"我养狗快两年了，多数时候都是我负责喂狗、遛狗，还要陪狗狗玩。"

终于有店员注意到张恬和小男孩的聊天了——

"今天天气好热，小天航，不用去上学啦？"店员皱起眉头，似乎和小男孩很熟悉，"刚才和客人都聊些啥？"

"随便聊啊，"小男孩说，"你们店里才管不着我聊什么呢。"

"先生，您怎么称呼？"店员好像没听见他的话，转头问张恬。

"噢，我姓张。"

"张先生，我们的东西或许比网店贵一点，但品质绝对可以保证，假一赔十。"

"行啊，既然你都这么说了——"张恬说。

"您是给自己的狗买狗粮吗，小狗多大啦？"

"我也不太清楚，别人送的。"

"什么品种啊张先生？"店员又问。

"看样子……是条萨摩耶吧。"

"萨摩耶挺好的，你以后有空带过来，我们的医生可以免费做些检查，帮助你了解它的健康状况。狗狗以前吃的啥牌子的狗粮，你知道吗？"

"呃，不太清楚。"

"这些信息还是挺重要的，因为有的狗狗比较挑食……"

"这么麻烦啊？对不起我确实没养过狗——"

张恬有点不适应店里若有若无的冷气了，不是说他之前就适应，因为他原本觉得上宠物店买包狗粮是件很寻常的事儿——不过那条被遗弃的狗没有挑食一说，它差不多就是有啥吃啥，有的吃就谢天谢地了。

那条狗养了大概快一周的样子，是他从外面捡回来的。当时张恬正走在有梧桐树遮阴的人行道上，刚整修过的路面新铺了一种花纹粗糙的地砖，他一边无所事事地溜达，一边偶尔踢一脚地上零星的树叶，发现某幅图案有点像埃舍尔的装饰画。天上的阳光仍旧非常刺眼，从道路尽头拐了个弯，前面有一小片绿化带，这里离小区很近了。

路口有两个小学生模样的男孩，蹲在一道歪歪咧咧的木头围栏前面。一个瘦子穿着松垮的背心，一个白胖的穿了件条纹短袖，嘴巴张得老大。张恬看见他俩都拿着一根竹竿,这让他想起小时候在一间寺庙里顽皮的情景——俩男孩把竹竿伸进围栏里搅来搅去,半蹲的身体上的脑袋不停朝里面打探。

"小崽儿瞎胡搞啥啊,当心这烂木头倒下来砸到你们。"张恬大声嚷嚷着,忍不住上前抓住两人滑溜溜的手杆,把他们往边上扯。

"哎哟干吗,快放开我们。"他们哭叽叽地试图挣开张恬的手。

"你俩这是吃饱了吧?到时候恐怕喊爹叫妈都没用了。"

穿短袖的小白胖子挣扎起来,咧开嘴说:"叔叔,我们看到里头有只狗狗脚被夹住了来着。"阳光下的他脸庞汗湿潮红,显得更胖更萌了。

"对对对,我们在想办法救它。"另外一个坐地上的附和道。

张恬的眉毛失控地跳了几下,望向里面长满了杂草灌木和藤蔓的小树林。

"刚才狗狗在那儿叫个不停,叔叔你自己看。"瘦子不紧不慢地说。

围栏里真的传出了动物叫唤的声音,第一声中气很足,第二声委婉地拉了个弧线,声音有点尖细,感觉可能是受伤了。

"你们别自己去折腾,知道吗?打电话让警察叔叔来救。"

"现在打电话来得及吗?"

"怎么来不及,我来打电话。"

结果张恬打成了火警。消防队员们把围栏剖开一个口子,从草丛中逮出一只灰不溜秋的小狗,除了左脚有点瘸,看上去还活蹦乱跳的。不过消防员说他们不会负责给狗找主人,让张恬自己想办法,相互推诿了一阵,张恬只好把它带回家了。本来就是个懒惰的人,张恬一直没去搞明白到底是什么狗,从网上搜出的图片来看,大概是只萨摩耶吧。

他什么狗粮也没买,就离开宠物店了。这时已快到上班的时间,汗湿的张恬站在一家店铺门口，心想要不要现在去公司把手续办了。

"喂田浩，是我啊。"他接了个电话。

"晚上去月亮路餐厅，没问题，"张恬说，"正好捎带庆祝我待业整一个月。"

"我一会儿要过公司去。"他手揣在裤兜里说。

公司离步行街有五六站路，张恬叫了一辆三轮过去。在楼下他懒得等电梯，直接进了安全通道。楼梯间光线暗淡，张恬跺了跺脚，声控灯亮了，里面闷热难耐，垃圾桶周围满扔着雪糕包装纸和饮料瓶。

拉开安全通道的隔门，到达了公司所在的楼层：三楼。总经理办公室就在廊道右转第二间，不过张恬没有先往那边走，而是选择了左拐第三间，他原来的办公室，他想看看谁会来取代自己。

没有人上班，办公室的门锁着，透过门上的玻璃框往里瞅，张恬看到了自己位置上的椅子，色泽模糊不清，那个树杈似的衣帽架好像也被拿走了。

张恬很奇怪是谁把衣帽架拿走了。如果他想要回来，公司有足够的理由对他说"不"，毕竟已经过去一个月了。自己为什么不把东西带走呢？但是张恬对这事感到莫名地烦躁，心头隐隐约约有一种不忿：即使公司现在把东西还给他，他也不想带走。既然如此，他又干吗要在意那个衣帽架呢？

他慢悠悠走回梁胖子的办公室，拉上窗帘的房间里一片漆黑。张恬试探地敲了几下，没有回应。事实是，整个三楼都不像有人的样子，一扇扇门关得紧紧的。张恬突发奇想，是不是大家都离职或者跳槽了。

"无线、太阳能双充电，"张恬无视墙上的禁烟标识，点燃了一支，"什么玩意儿，动不动就是啥：黑色未来科技双充电，蓝色未来科技双充电。"

那个红色圆圈图案恰似某种新研发的充电器，一个圆，中间画过一条斜杠。站在昏暗的走廊上，张恬觉得这个标识有一种催眠效果。坐在一张公用长椅上，他打开手机开始玩《王者荣耀》，玩着玩着脑袋一歪就睡着了。

过了不知多久，一只手搭在肩膀上，张恬身体一颤，手机差点儿飞出去。

"张恬，要来咋不提前打个电话？"

"黎姐——"

"我说，"黎姐一身粉色西服裙装，眼镜泛着淡淡的光点，"这两天公司的人放高温假，你算运气好我有事儿过来，不然你参观办公室呢你。"

"反正我坐公交没几站路，权当出门锻炼锻炼。"张恬擦掉嘴角的口水，"之前的手机掉河里了，不，应该是湖里。"

"哼，锻炼。"黎姐从肩背拉链小包里掂出把钥匙，塞进锁孔轻轻一拧，啪的一声门开开了。

"去年不是就说要换指纹识别了吗？"

"进来坐。梁总一会儿就来了。"

梁胖子的房间并不大，不同的是有一个单独的卫生间，还有那张楠木的大办公桌。办公桌对面有一个茶几和大小两张小沙发，黎姐坐在靠门的位置，张恬拍了拍屁股，坐在另一张沙发上。

"你如果是来领取离职档案的话，今天人事部没人哦。"

"没关系，我只是顺便进来看看。"

"下次来记住先打个电话。"

"嗯，知道了。"

黎姐隔着镜片对他翻了个白眼，张恬发现这神态和梁总的女儿佳佳像极了，说是母女也不为过。不过这感觉他可不敢说出口。

"张恬呀。"

"哎。"

"梁总说，我们和 X 公司不过隔了大半条街的距离，"黎姐说，"我还是挺好奇。如果你是累了，那你才休息了一个月，还不包括找工作面试的时间。如果你单纯以为，哦，我厌烦手机开发，说难听一点，千篇一律地模仿别人了，那你去邻居那里干吗呢？"

"嗯……邻居出双倍工资挖你们的墙脚。"

"你正经点不行？"

张恬从斜躺的姿势坐正了，眼珠上下转悠。

"没关系，"黎姐随意地摆摆手，"有时候就是没有理由。"

"梁学文磨叽死了，"张恬挠着后脑勺说，"他不是挺着个大肚子走不动路了吧。"

"你要找他可以再等会儿，他应该马上到了。说不定在楼下和佳佳说话呢。"

"噢。"张恬说。

"黎姐，你家有没有养小猫小狗来着？"他又问。

"我？我哪有时间，自己都没人照顾。"

"我在想，要是我又去上班了，这狗怎么办呢？"

黎姐仿佛没听到张恬的话。这当儿太阳已经绕了个大圈儿，不再直射办公室，张恬感觉脸颊又有点发痒。

张恬手机响了，是田浩的电话。

"喂？准备出发了是吧？"

"你在公交车站等我吧，一会儿到。"

"懒得等梁胖子了，过两天再来找他玩儿。黎姐，我得去赴个约。"

"这年头啊，狗和人都一样，没人照顾，"黎姐说，"不过人还得有点时间观念。不送你下楼了。"

一楼并没有梁胖子的身影，只有一个打呵欠的保安，和胳膊肘抵住台面、脸颊放在手掌上的百无聊赖的佳佳。张恬想，现在不都兴养猫养狗吗，那自个儿也把这家伙养着好了。

张恬趿着鞋子和田浩走向公交车站，回望一眼，在周围让人眩晕的高层建筑压迫下，公司租住的旧楼显得寒碜而猥琐。据说主城各大商圈的低层建筑很快都会消失，实力不济的小公司只能选择退出，待在"更气派"的玻璃幕墙高楼里的是"更具实力"的大公司。在大多数人的眼中，这是一件很正常的事情。

没错，他俩决定今天改乘公共汽车。人多的时候，张恬喜欢默默地观察，一切都比想象中的样子真实多了。在确定好目的地以后，用手机上的地图搜索最近的路线，然后去车站，等待，上车，投币购票，倚着扶手发呆。只要不走错方向，整个过程甚至让人享受。

为了不那么无聊，有时可以通过分散注意力，忽略坐车的过程。比如站在某个角落，认真阅读一份专业资料或是琢磨一个 PM（项目管理）方面的问题，不知不觉间你就抵达了目的地。在张恬看来，乘坐公交车跟打车或开车的出行方式显然有很大区别，你需要尽量调整好心理情绪和身体状态，如果没有空座，重点是找到并保持一个相对舒适的站姿。同时，你对座位共享范围内乘客的情况也要有所了解，从观察到作出判断，大多在很短的时间内完成，不过做到这些并没有什么难度。

"你在看什么？"张恬靠住扶手，问田浩。

"看你。"

"不不，我是问你看的资料，你在看什么？"

"明天研发报告的内容啊，"田浩做出一副迷惑不解的表情，"你以为像你一样，赚了点钱就不去上班啊？"

田浩合上翻开的资料给他展示封面。张恬在车厢的摇晃中好不容易看清了标题，也有意故作惊讶。

"呵呵，咱们的分工不太一样耶，田浩。"

"至少我们的工作都跟手机有关。"田浩粗声粗气地说。

不过他很快又抬起头问："你到底是什么时候做的决定？"

"就在今年年初，你忘了吗？"

田浩也学着张恬的样子点了点头，似乎刚刚意识到自己的问题非常愚蠢，表情变得不自然起来，口中念念有词。张恬只好告诉他没啥奇怪的，这只是一个人人生中发生的变故之一，甚至说不上变故，而是一个"常规状态"。今年上半年，周围的好几家公司都搬迁或关张了，一些员工选择离开或是跳槽，他们也不能例外。

"那么，你到底是哪个意思？什么？我是说你以后可能去的地方，准备选择哪个公司，哪一个才是你想的？"田浩问完，一副恍然大悟的样子，"真的，怪不得你突然想要坐公共汽车。"

张恬假装思忖了一会儿。接下来，他可能干吗呢。

"我还没想好，"张恬说，"不过我相信这事准会有个决定的。"

沉默了一会儿，张恬又问田浩："你看到哪里了？吃个饭一路上都一副大忙人的样子。"

"二十多页，"他说，"不谈这个了，没意思。现在这些资料和你已经没有任何关系了。我发现公交车起点站新开了一家书店。不是一直都有的那家。那家又不是专门的书店，人家是零食香烟、书籍杂志什么都卖——好像还卖点儿文具。"

"我有点晕，"张恬说，"你说的是步行街228路那里，还是人民广场？"

"当然是人民广场。你平时很少坐公共汽车，跟你说步行街干吗呀？"

"人民广场,步行街,都一样。你知道吗?"张恬摇了摇头说,"不管是漫天的海报,还是那些高层的玻璃幕墙大厦……我可不想做一个帮凶或炮灰。田浩,你明白我在说什么,迟早我们都得从这一带搬走。"

田浩把资料彻底合上,直视着他的眼睛。

"你以前哪有这么啰唆,张恬。是因为养了狗吗?"

下了公交车,田浩张着嘴巴还有点回不过神。身后追上来一位中年妇女,操着一口西北腔向张恬问路,张恬耐心地告诉她,从××街去××新村,应该坐×××路到×××路,然后转乘轻轨二号线。

直港大道上的长排路灯开始一起点亮,蓝灰的天色忽然变成酱黄。风呼呼地刮过街面,时大时小,一会儿从前头扑来一会儿又从后面撞来,张恬不得不将两只手抱在胸前。

一阵强风迎面吹过来,一旁的田浩低下头,用手臂遮挡住面颊,两腿费力地支撑住身体。风速不断攀升,几乎形成了一道阻隔了他们去路的屏障。张恬眯着眼睛竭力在风中站稳,尝试着逆风前行;田浩侧过头,紧闭着嘴,眯缝着眼,逆风艰难地挪动步子。街边的灯光仿佛明灭了一次,然后这风就毫无征兆地停止了——俩人前一刻还在抵抗的东西一下子不见了踪影。田浩先是一个趔趄,随后好不容易勉强稳住,他放下张开的手臂,长嘘了一口气。

"今天为什么会刮这么大的风,"田浩说,打量着四周被吹得东倒西歪的人群,"天气预报没说要下雨吧,我可没有带伞,等会儿别给淋成落汤鸡。"

"要不我们坐个出租车过去,"张恬说,"不然到餐厅就有点晚了。"

耳畔似乎还有回荡的风声,以及绿化带的草和树叶相互碰撞的飒飒声,但田浩对此充耳不闻,他仿佛只关心眼下的路,这条铺满了相同花纹地砖的人行道。他很认真地打量路面,然后看到路面与天际的交合处。张恬也望向天际线的那一端，那个位置排列着很多直立的高楼，往上是灰黄绛紫的天空和云层。

到了月亮路餐厅门口，的士司机一个急刹车，把两个本来快要睡着的人颠醒了。他说再往里开就不好倒车了，要他们自己走进去。餐厅大门口有两尊石狮子雕像，庭院里都是树，映衬出一片突兀的假山，在迷蒙的灯光里它们的轮廓显得模糊。张恬想象着自己目光如隼，能清晰地看见山石所有细小的纹理和凹凸。

进到大厅，他们选了个靠窗的两人桌。张恬注意到餐桌上白色的盘子，就像一个个小号圆纽扣，空荡荡的盘面仿佛正在轻微地颤动。他知道这陶瓷盘子、玻璃水杯本质上和木桌是没什么区别的：无论它们平时静止不动，还是被人们拨弄使用时，在微观层次上，它们都处于同样的超高速运动中，保持着肉眼无法辨识的战栗和生灭。

这张摆满餐具的小木桌让他回想起第一次面试的经历，大约是二十三岁生日前几天。一栋造型寻常的大楼，二楼的套房，一个小个子男人认为他着装太随便。张恬解释说，自己穿的是一件短袖衬衫，因为版型比较修身，袖子看上去显小显短，容易被误认作 T 恤。旁边那位职位明显较高的 HR 觉得张恬态度不好，说他还未能理解什么是公司真正需要的素质和能力，暗示他不可能得到这份差事了。

后来张恬常常路过这个地方：一段时间每天晨跑，这座高楼是他晨跑的中间站。有一次半夜里失眠，天没亮就出门了。开始他跑得很慢，借助着路灯的光线。一会儿天光渐渐明亮，东天钢青的色温一点点变暖，太阳不声不响地露头，是个很大的椭圆，一开始并不怎么耀眼。就在那当儿，他莫名地陷入了某种思考，整个人恍若置身在一个无声世界，什么音声都听不见。

问题在于，即使张恬记忆里不止一次出现过上述场景或印象，其可靠性也难以完全确认。也就是说，这些貌似清晰的记忆在他有限的经历中是否真实存在，很大程度上仍然有着疑问。刚才是旧时光的又一次重现，他努力想使玻璃墙外的都市景观和记忆里的经历融合为一，可那些街道、楼房和绿色植物们却难以成像，呈现出的只是一些歪七扭八、跌宕不定的曲线。

张恬无力地聚焦了一下眼神，他对面的田浩，穿一件天蓝套头衫，戴一串辨不清真假的白蜡手珠。蜷曲、散乱的黑色短发，一直在对他说着昨天、前天和前几天家里发生的各种各样的琐事。

过了一阵子，他确信这会儿情况有些不同了。抬起头来，对面的那杯亮晃晃的甜酒被喝得一滴不剩，田浩的嘴巴也已闭上，而之前他不断地在说话。不知怎么的，张恬觉得他身上的天蓝色跟环境格格不入。

"张恬，你有没有在听啊？"田浩说，"我看你怎么像在发呆？"

张恬摇摇头，两手插进裤袋，目光转向天花板上方。这虽然暂时避免了对视的尴尬，但更让人觉得他心不在焉。

"你说，田浩，我是不是错觉，"张恬突然说，"一直以为养狗是件挺容易的事。"

"这孩子瞎念叨什么呢？"田浩说，"你又不是主动起意去养什么猫猫狗狗，只不过捡了只流浪狗嘛。哎，现在发现很麻烦啦？"

"真有可能，最近生物钟比较乱。啥时间该干吗，什么点要做什么，没一点计划。今天总算下定决心出了趟门。"

"别人巴不得不去上班，你好端端地待在家里，怎么跟得了精神病似的？"田浩两手合十，指尖正朝着张恬的脸，"叫你赶紧去找个女朋友，不要一个人坐在个出租屋里胡思乱想。现在多了条狗，也不见得是件坏事儿。"

"对了，马上我还得回去看狗呢。"张恬说，"你不是帮女朋友养过好几条狗吗？叫你出来吃饭，就是想让你给看看那条狗得怎么养？"

"行，"田浩说，"本人就帮你这个忙。给我看看狗的照片。"

"没照片，去我家一趟吧。"

回到小区附近，夜已经很深，几盏路灯发出刺眼的白光，远远近近的街道楼房都变得安静了。张恬看见头顶有几颗亮眼的星星，他告诫自己这只是光线经大气折射后出现的幻象。走到道路尽头的拐角，正是张恬捡到狗的地方，那道围栏的破洞已经被修补好了。拐弯再往前走，进入小区大门，不知不觉就来到了楼下。

张恬跺了跺脚，楼道里的感应灯一瞬间全亮了。他熟练地拧着钥匙，感觉自己正在学黎姐开门的把式。客厅里昏暗而安谧，电视和沙发、餐桌和椅子都好像油画里的静物似的，沉浸在触手可感的空气中。田浩伸出手，山羊皮纸顶灯的光明破坏了半真半假的气氛，那些家具什物又变得真实平常起来。

"你看你住这小套间，一个人冷清清的。还真不习惯。"田浩说。

"住不了多久，到时候还得搬呢。"

田浩打了个饱嗝说："哪个房间，狗在哪儿？"

"杂物间，专门给它腾出来的。"

田浩没换拖鞋，在地板上踩出了好几个脚印，这让张恬止不住眨了眨眼，好像想起了什么似的。他看到沙发左侧，背阳台的那面灰扑扑的墙上，有一个浅色的正方形印子。没错，他取下挂钟之后，这个突兀的痕迹出现在了墙的表面。原本它不是灰色，不是黄色，而是一种奇怪的淡墨色。

田浩推开杂物间的门，一些塑料制品发出被挤压的窸窣声。听到动静的张恬走过来几步，松弛的木地板发出嘎吱嘎吱的声响。

"你过来看啊，张恬。"

"等会儿吧……马上。"

"你,你这狗太瘦了点,我觉得。"

张恬挠了挠头皮,几根毛发乱糟糟地支棱着,他发觉不该让田浩来管狗的事儿。他以为一整天都存在的莫名烦躁感会慢慢消失,和发小吃顿晚饭就能摆脱掉,看来他低估了这个状态。他甚至错觉从起床到现在,时钟的指针颤抖着移过去又摆回来了。

"张恬,你——你捡的这家伙不像萨摩耶啊,眼睛怎么又弯又斜。"

"等会儿啊,"张恬点起一支烟说,"我马上就回来。"

"干吗呢?"田浩的声音仿佛很遥远,伴随着回音传出杂物间,"我给你说,我他妈发现你捡的这家伙不像条狗——"

张恬扭了扭脖子,顺手带上防盗门,走到贴有安全通道标志的楼梯间里。果然,那个蓝色大垃圾桶还稳稳当当地搁在水泥地上,里面装着他昨天、今天扔的大大小小的垃圾袋和散碎垃圾。真是奇了怪了,是清洁工生病了,还是换物管公司了?那个装挂钟的袋子仍然靠在垃圾桶半腰的位置,张恬清楚地听见秒针有条不紊的嘀嗒声。

"张恬张恬!你这家伙跑哪儿去了?"

听得出田浩的喊叫声有点抓狂。

张恬蹲下身,从袋子里拉出挂钟,那根小指针确实还在走个不停。他把挂钟翻个个儿,打开背盖,抠出里面的电池,扔进垃圾桶。他利索地重新点上一支烟,合上眼睛,耳边挂钟啪嚓啪嚓的走动声终于消失了。

暗红的酒馆

　　月亮的轮廓总是弧形，就像人的脸庞一样，甚至说，只要它的颜色稍稍再变化一下，简直就是一张人脸了。我便在他的注视之下行走着。僻静的街道，云朵那么黑，但是不足以遮蔽月亮的光辉。风穿透一切物体，让人不由自主地打寒战。我一边走，那些低矮的房子后面伸出的高大树木活像一个个巨人俯视着我，密集的树叶里仿佛隐藏着无数红彤彤的眼睛。

　　应该是一个县城，叫什么名字呢？大概要本地人才清楚吧。我呢，脑子昏昏沉沉，漫无目的地移动着。街边房门紧闭，亮起了灯，变形的影子忽大忽小地晃动，皮影戏一样。我急迫地想要一处能够休息、能够打听消息的处所，而这座城市却闭门谢客，我只好快步穿过这里了。

　　脚下都是青草，越往前走，草丛越发茂密；成排成行的树木又高又黑，花儿跟人的脑袋一样大。当青草齐到腰部，行走渐渐感到困难，再过几分钟，草漫到了我的胸口，身后的城市在草树的摇晃中早已模糊不清了。

　　这时，一根木桩出现在我的视线中：这根残缺的木桩是供人歇息用的，就像公园里的那种。我的身体告诉我，得去那里坐坐，恢复一下体力。啊,正当我走向木桩的时候,草丛开始沙沙作响,一只带花斑的黑猫跳上枯萎的木桩,似乎和它融为一体了。我伸手驱赶它,猫却轻蔑地看着我。

"没礼貌。"它一点不客气地盯着我。

我并没有感到惊讶。

"我怎么知道你是一只会说话的猫呢。"我弱弱地回答,浑身都没有力气。

"会说话的猫很多,"猫扭动着身躯,眼睛闪闪发光,"在这种情况下出现的猫通常都不会是寻常的猫。"

"我对说话的猫不感兴趣,不过我还是希望能从它那里打听到一点消息。"我说着,脑子开始昏沉。

猫静静地注视着我,等待我发问。

"附近有没有旅馆?"猫变得模糊起来。

"有。"猫用它妩媚的声音说。

这一瞬我的眼皮沉得抬不起来,我失去了知觉,眼前一片黑暗。猫似乎跳到了身上,可我已经没有感觉了……它要吃掉我吗?

不知道过了多长时间,我终于睁开了眼睛,空气中弥漫着烟雾和酒气,身体的不适仿佛消失了……我看到木质的天花板,一盏大吊灯好像一只眼睛凝视着我。我意识到躺着的自己,于是慢慢坐起来,地板也是木制的,用一种暗红的木头拼凑而成。这是一间狭小的房间,面前有一扇门,门内吵吵嚷嚷,十分热闹,酒香和烟味就是透过门缝飘进来的。我站起身,试着往门内窥探,担心自己来到的是一个是非之地。

里面有许多人,应该是一间酒馆,柜台里站着几个伙计,懒洋洋无精打采地擦着杯子。那些杯子脏兮兮的,仿佛一万年都没有清洗过了。

顾客很不少，各式各样，而且闹腾得非常厉害。只有一只眼睛的人，只有一只手的人（天生的那种），只有一条腿的……还没发现有一个是完整的。也有三条腿的狗和没有翅膀的蟋蟀在悠闲地喝茶。

遇见一只会说话的猫没什么大不了，可这个酒馆未免太莫名其妙，这令我警惕起来。不过呢，既然有人好心让我在地板上睡了一觉，至少没什么危险吧？我鼓起勇气，走进喧闹的人群，试图询问一下情况。

"您好，先生，"我向一个比较正常的人（他似乎只缺了一根手指）打招呼，"这是个什么地方，您知道吗？"

他盯了我一眼，就像我的脑子有毛病似的。

"什么意思？"他说，"你来到了这个地方，却不知道是哪里？"

"恐怕是的，"我说，"我确实来到了这里，问题是我是怎么来的、还有我身在何方，我的确都一无所知。"

那人打量了我一分钟，完好的那只手捏着酒杯一动不动。我也站着不动，看他的眼神，貌似打探出什么破绽一样。一分钟之后，他又恢复了早先的眼神，八字胡和眉毛也回到了原来的位置（本来是扬着眉毛，眉毛都藏到头发里看不见了）。

"你这算是找对人了，"他说着，喝了一大口酒，顺便打了个嗝，"你并不是残疾人，而我们这里，接待的全是不正常的人。我就是这里的老板哪。"

"是吗？"我说，"我倒是看不出来啊。"这个老板确实可不像个老板的样儿：他穿一件白色小背心，下身是一条花里胡哨的短裤，乍一看还以为是个街头小混混咧。

"是的是的，人人都觉得我不像老板嘛。"他拍了拍身旁一只兔子的背，"嘿，伙计！你觉得我像这里的老板吗？"

"像极了！"兔子用它仅有的那只眼睛看着这位中年男人，满嘴的酒气。

"说真心话!"

"老板就是这个样子嘛……像极啦!"独眼兔子说着,举起一杯啤酒。

"他的意思就是我不像,"老板说,"怎么,想不想喝一杯?"

"谢了。"我坐了下来,实在是太累了,马上急着走也不是好事。

老板站起来,用力地挤过密集的人群,消失了。

过了一会儿,他再次出现,手里端着两个脏兮兮的酒杯,灰扑扑很不讨人喜欢的样子。

"这是好酒,"他猛地把酒瓶放在桌子上,"要不是有新客人,我是舍不得拿出来的。"

我端起酒杯来,掏出一张餐巾纸擦了擦杯口,轻轻抿了一口。

酒的味道不错,微微有些回甜,但又有一点苦涩。到喝下第二口的时候,苦味消失了。

"现在能不能告诉我一点信息?"我再次向老板发问。

正在思虑的他突然被打断,脸上略微显出几分慌乱。

"呃……这里吗?这个酒馆一直就是没有名字的。人们,动物们,牲畜们,大家都叫它小酒馆。这不过是一个喝酒的地方,如此而已。"老板边说边摆弄他的小背心,那件背心显得越发地小了。

"那么,它位于什么地方?"我问,"我不知是怎么来到这里的,老板,我迷路了……先是迷失在一座小县城里,那儿关门闭户,街上一个人也没有。我想不起自己从哪里来,现在也不清楚要去哪里。我找不到自己的家,然而总觉得家就在附近,除非我是在做梦。"

老板发出一声干笑。

"位于什么地方?"他轻轻摇晃起来,"天上?地下?我怎么可能知道?我是这里的老板,多少年来从未离开过小酒馆,连进货都是我的伙计去干的,你说我怎么可能知道?除非我先找到酒馆的出口。可是我找不到。你看,酒馆里有这么多的人,连他们也说不出这是什么地方,更不可能知道出去的路。"

我站起身来,打算另找一个合适的目标。

"不再坐一会儿?"老板的脸部肌肉抽动了一下,"嘿,再坐一会儿嘛,反正是喝酒聊天,有啥可急的?"

我不置可否地看了他一眼,穿过人堆的缝隙来到厅堂的另一边,心想离那位让人不快的老板远一点。酒馆里的灯光跟地板的颜色是一样的暗红,我打量着周围乱哄哄的人们,希望找到一个没有喝醉的。

一只没有尾巴的狐狸小口地呷着酒,它脸上似乎透露出少有的善意,还有稳重。

"你好,你经常来这里喝酒吗?"我尽量将语气放轻松一些。

狐狸停下酒杯,亮出它闪光的眼睛,感觉像拔剑一样——那一刻我差点伸手挡在自己的眼前。

"年轻人,你大概是想找个伴儿说话吧?"它的嗓音听起来差不多有六十岁了。

"就算是吧,我能不能坐这儿啊?"

它点点头,于是我同它面对面坐下来。

"其实呢,我是想跟您打听一点情况。"我试探着说。

"你说就是。"狐狸低头又抿了一口。

"您能告诉我这是什么地方吗?我迷路了。"一开口,脑袋又有点眩晕。

狐狸一动不动,它也像那个老板一样沉思起来,杯中酒微微荡漾。

"好多事都不太记得起来了,老喽⋯⋯"狐狸合上眼,轻轻咳嗽一声,"我两岁时开始光顾这个酒馆,从此再也没有回过家,我在椅子上过夜……钱包里自动生出钱来,几十年没洗过澡,连衣服也从未换过。"

"您没有过出去的打算吗?"我觉得浑身乏力……看来又找错了对象。

"我早已不在意这些啦——这儿挺好的,再说,要不了多久我就要见阎王爷了,还有啥必要去找出口呢?"

"不好意思,打扰您了。"我又一次站起来。

"那边有一扇门,我观察很多年了,却从没想过去打开它。你不妨试试,看看能通向哪里……"

头脑昏沉和感觉迟钝的我根本没发现酒馆还有另一扇门。向狐狸指示的方位走了几步,发现这扇暗红色木门其实距离很近,只是被桌椅人群遮住了而已。我伸手推开它,集中目力望向里面——门的后面竟然又是一个酒馆。

"或许那儿离出口会近一步吧?"我暗自想。

往前走,进入另一个酒馆,里面同样喧闹,人气满满。然而我总有一个印象,它就是自己刚才待过的那个空间,就连那色调也是一样深郁的暗红。不知道怎么回事,我心里掠过一种奇怪的感觉。

还好,并没有看到熟面孔,看来这儿的确是另一家酒馆。

"您好。"我在一个没有左腿的人的旁边坐了下来。

"你好,需要什么帮助吗?"独腿人晃动了一下手中的杯子。

"您是这里的伙计呢,还是来喝酒的客人?"

"你刚从隔壁的酒馆过来,是不是?"那人饶有兴趣地打量着我。

"什么?"我有点摸不着头脑了。

"那扇木门从没有被打开过,我敢说你是第一个推开它的人,"那人虽这样说,可并没有表露出什么兴趣,"那边想必也是酒馆吧?"

"您说得没错。"我随口回答,心想的却是有关出口的事。

"根据相似性原理,我也能推测出那边是个酒馆,因为这儿唯一的门也是通往另一家酒馆的……而那里同样聚满了残疾人。"

"您是买醉的客人？"

"当然咯，我是新来的，在这里待了不过一百多年，"左腿缺失的人瞪大了眼睛，"一般不待上个一两千年，是不会离开的……想必你不是这里的人吧，他们会把你弄走的。"说着独腿人伸出手来，想要摸我的脸。"让我看看……"

本来昏沉的我，脑子似乎突然又清醒了，大叫一声并跳了起来。

"您想干什么？"我的叫声惊动了酒馆里的很多客人，大家都投过来诧异的目光。

一个胖子，肚子上有一个洞，他一声咆哮，以肉眼难以辨别的速度抓住那人，将他带走了。面对其他人莫名其妙的眼光，我心中忐忑，甚至有点害怕……所有的人声都平息下来，只剩下音乐在稀里哗啦地持续着。过了一阵子，当我又有点神志不清的时候，人们扭过头去，自顾自聊了起来。我不好意思再向人打听什么，只好拖着步子慢慢穿过人群，试图靠自己去找到门。

可是除了墙壁，根本就看不到什么门。我只好找到一个空座，暂时坐了下来。

"您好像不属于这间屋子，您为什么不到另一间屋子里去呢？"对面有个年轻人说话了……他，没有一丝头发。

"我正在寻找那扇门，可是无论如何都找不到。"我苦恼地说。

"是吗？事实上它离您很近，"年轻人笑了笑，"说不定就在您的身后。"

我猛地扭过头，果不其然，那扇门的确在我背后，只是被几个身材高大的人遮住了，可隐隐约约还能看见那只门把手。

我谢了年轻人，绕过乱哄哄的人群，又推门进去了。脑子晕乎乎得有些不大听使唤,我赶快找到一个位子坐下,也不管那旁边的是谁。

"哎哎哎,谁让你坐这儿的?"耳边响起一只白鹤优雅的嗓音。

"对不起,我过一会儿就离开。"我赶紧回答。

"本来也没什么,不过你就不能招呼一声?"白鹤一边说,一边用它的喙去啄一些模样糟糕的虫子。

"我正在寻找出口,"我有气无力地说,"您知不知道哪儿有可以出去的门?"

"我只记得我当时是飘过来的,"白鹤心不在焉地回答,"我也不清楚这是什么地方,自己为什么要上这里来,仿佛有巨大的光圈笼罩着我的脑袋。当然喽,现在清楚了,可是我不能随便告诉你,你毕竟只是人类嘛。"

我没有理解它的意思,估计跟这一阵脑子不太管用有关,因此只能茫然地望着它。

"别逗了,"大鸟扑扇起一双翅膀,"难道我说得还不明白?难道还有啥歧义?找你的意中人去,清醒点,我可帮不了你什么忙!"

我差一点睡过去了——别看酒馆里这么喧闹,其实却挺有催眠效果的,很容易让人昏昏欲睡。

"什么意中人?"我懵懂地看着白鹤。

"什么意中人?什么意中人?"白鹤的眼神显得很不耐烦,"那你干吗来这个酒馆,不就是要寻找意中人吗?说说你干吗来这里?"

"我不是自愿来这个地方的,我也不知道为什么会来这儿,而且被限制在一个狭小的空间,不知道怎么出去。"当然说归说,我并不指望它能解答我的疑问。

"你本来就该从那边出现。"白鹤挥了挥背上暗红色的翅膀,就像一只大手,"事情呢,需要耐心一点,仔细观察,多转悠转悠,你肯定会有所发现。"白鹤的小眼睛突然睁大了一倍，呈金黄色的虹膜光芒闪烁，"那儿有另一扇门，你只消发现、推开它……"

"问题是很难发现，它总是隐藏在一些意想不到的地方。"

"世界上哪来那么便宜的好事？努力找啊。一般来说，在你精疲力竭、信心全无的时候，它可能就出现了。"白鹤说着，神色又回到了心不在焉状态。

"过分了哦。"一个戴头盔的老头狠狠地说。

白鹤的头摇晃了几下，随后沉默不语了。

现在觉得脑子稍显清醒，情绪也没那么烦乱了。我起身对白鹤表示感谢，可是它并没有理睬我的意思。我一边左顾右盼，一边漫无目的地瞎转悠，仍然不明白应该做什么和怎么去做。酒馆里的人们好像有说不完的话，在莫名的音乐背景下，喋喋不休没完没了。不过当你打算凑近去听听的时候，那谈话又变得模模糊糊、语焉不详了。

不知道过了多久，脑子又一点点转动不灵的我无意间推开一扇门，那感觉就像厚着脸皮做了什么错事似的。诡异的是尽管不断在推开一扇扇门，却总像是返回原来的老地方，不变的是呛鼻的酒气、古怪的音乐、暗红的灯光、残缺的人群，还有蠕动在眼前的各色面孔。

我唯一期盼的是有谁能跟我搭讪，可那些人大都对我视而不见。有一次总算碰上有位老者向我招手，他的脸毫无特征，倒是那顶头盔让我想起很久以前警告白鹤的那个人——而且就在他的身后，有一扇木门。

我兴奋地走过去，发现他手上端着一只冒着热气的黑乎乎的汤碗，里面挥发出一股怪异的草药味。

"孩子，把这个喝下去，"他声音里有一种魅惑力，"然后穿过这道门，然后，你就可以找到你的意中人了。"

"是什么药啊？这么难闻？"我盯着汤碗，直觉它肯定是有毒的。

"它能让你的脑子恢复清醒。"他说。

我迟疑着不敢喝。不料老人很快已经站到了一旁。

"我并不指望你将它喝下去，不过这已经不是我的责任了，请进去吧。"他单手将门推开，暗红的光线从里面射出来，一个拉长的影子延伸到门口。

门在身后自动关上了，我有如一名强迫症患者，再次走进几乎是一模一样的空间。酒馆里依然是音乐，灯光，正在喝酒闲聊的残疾人或动物，并没有任何特殊之处。我突然觉察到脚下有什么东西，它正在抓挠着我的腿，这生物的皮毛是黑色的，不过似乎还有斑点。

"是我在这里啊，难道你的眼力这么差吗？"黑猫的语气有点无奈，它伸了伸鲜红的舌头，"我是不容忽视的噢。"

啊，这不是出现在木桩上的那只黑猫吗？我想起来了。

"就是你这家伙把我带这儿来的吧？真该死。"我说。

"不是我带你来的，是你自己晕倒了啊……"黑猫回答说。

"我确实晕倒了，可我晕倒以后身体是怎样移动的？"我看着黑猫的眼睛，意识越来越无法控制，"难不成是我自己钻进那小房子睡觉的？"每次碰到黑猫都是这样的感觉……莫非是它的眼睛在作怪？我避开了它的目光。

"没人说这个酒馆在地下……"猫目在我额头上游移不定，"也没人说你移动了，或许你根本就停留在原地呢？"

耳道里嗡嗡嗡一阵鸣叫，我又要犯晕了……

"你能不能带我出去？"我强撑着问。

"我倒是不能……"猫声又变得妩媚，"但是你快要自由了……我只是给你一个预言：你快死了……"

"说的是什么意思？"我不明所以，脑子转动的速度越来越快。

"嘿嘿，是中毒了吧？药汤还是酒？"猫扭动了一下身躯，莞尔一笑，"赶快从黑暗中醒来——"

最终它开始扭曲变形，声音也变得模糊不清了。

我再次睁开眼睛，天色已经大亮，一颗太阳正明晃晃地照耀着我的身躯。我头枕木桩，正面对着的方向有一个村子的轮廓……那是我的家。

我跌跌撞撞，向该去的地方走去，最后意识变得十分清晰。

我把自己的遭遇改成另一个人的遭遇，讲故事似的告诉了我娘。

"嘿，儿子，我知道这个故事。这不过是个传说。"娘的表情不像是开玩笑。

"真的吗？"我惊讶地睁大了眼睛。

"那个县城通向冥界！而桩子呢，大约一百年会出现一次！"我娘的表情看起来不像是开玩笑，"这是老一辈人说的。每隔百年总有一个人会碰到那根桩子，它会把人带到地仙的酒馆里！"

"传说？这是胡说吧？"我心里一阵震惊。

"不要瞎讲，这可是老一辈留下来的。"娘瞪大了一双眼睛，打卷的头发在风中飘拂，"……唉，老一辈人还说，那个人最终会得到一件礼物呢！那肯定是好东西！"

"都是瞎说八道。"我越来越没底气了。

"不能这么说，"娘看上去很害怕，"这是老一辈人留下来的啊。"

我不想再听到更糟糕的事，便找借口离开了。

果然，我们的村子外面是一片荒芜，哪来的什么草地……木桩子更是子虚乌有。看来一定是在做梦。

而那个预言呢？我喃喃自语，也是胡编乱造罢了——都是大脑有毛病。

一切皆无可能。一棵枯萎的老树如是说。

《民族文学》2013 年第 5 期

我们赌今晚的鸡尾酒

天花板上有一片灰色水渍，形状像一颗海星。之所以觉得它像海星，是因为张恬昨天看了半部"海洋探秘"纪录片，那里头的海星如果伸直了触角，肯定比这块小水渍大好几倍，而且色彩斑斓。张恬扬着头，鼻头微红，不知是不是睡觉时给虫子咬了。他坐在椅子上，脚边是一只肩背式旅行包，尽量抑制住挠鼻子的冲动。宾馆破空调的制冷效果很差，早阳从窗口透进来，室内若有若无的凉气就没了踪影，只听见管线内簌簌的水流声。

张恬十分钟前洗了个脸，还没来得及刷牙，就把洗手间让给了廖加零。廖加零顶着一头花花绿绿的卷发，一边说他要洗澡，一边将眼镜随手一扔，就把张恬给挤了出来。张恬坐着看手机，看那些个推送没完没了博人眼球、稀奇古怪的新闻标题。屏幕时间从九点十分变成九点二十一分后，他干脆收起手机，走到大玻璃窗前看市景。

又过了不知有多久，洗手间里的水声终于消失了，廖加零打着喷嚏，身披浴巾走了出来。他一头湿淋淋的乱发遮挡了自己大部分视线，完全无视呆坐的张恬，自顾自走到床头寻找吹风机。

"早上晚上各洗一次澡，整天精神都好得很。"廖加零咕哝说。

张恬无动于衷，仿佛天花板上粘着的是一个漩涡，将他的神智都吸进去了。房间里只听见吹风机的嗡嗡声，像在告诉你，更多的热气又跑进来了。廖加零甩开耷拉到下巴位置的头发，吹起了尖厉的口哨，尽管口哨跟吹风机一起混成了噪声，他还是开心地扬着眉毛。

　　吹风机的声音最终消失了。

　　"现在我们准备抓紧时间走呗。"廖加零说。

　　张恬依旧扬着头，眼皮几乎一眨不眨。

　　"我说你怎么了？"顺着张恬眼光看过去，廖加零也发现了天花板上那块多边形的水渍。

　　"你说，这些海星是怎么走路的？"张恬将视线移到廖加零脸上。

　　廖加零放下吹风机，用手顺了一把自己的头发，咧开嘴说："哦，《海洋探秘》。嘿嘿，你别以为我昨天躺床上迷迷糊糊的，其实我也看到了。"

　　"那你看明白没有？这些星星和鱼可完全不一样。"

　　"我看了呀，不过我没有看全——"廖加零皱起眉头说，"我他妈记得有各种各样的鱼，海星没几个镜头，顺带一提而已。这个鬼节目可没有讲海星是怎么走路的。"

　　"那么，鱼是怎么走路的，你总看到了吧？"

　　"游啊，鱼是用游的啊，拜托能不能别问这么白痴的问题？你没看见那些成群的小鱼儿吗？他妈的，速度飞快，根本就是有一片波浪在给它们开路。"

　　"这就对了！"张恬喊道，站起身向廖加零胸口猛推了一把，对方一个趔趄退了两步，"现在成群的小鱼都游走了，还剩两只蠢货，像你说的，连路都不知道怎么走。"

　　"什么路都不知道，怎么走？"

"这已经是一周里的第二次了,你能不能靠谱点?"

"都怪我,都怪我好了,我们现在抓紧时间赶去呗。"

"开始打电话,梁学文让我们在宾馆好好等着,车早走了,你抓紧时间去哪儿?"

廖加零掏出裤兜里的发箍,顺着一头长发往后拢,终于不再是披头散发的样子了。他也坐到另一把椅子上,跷起左脚不停地抖来抖去。房间里越来越闷,没有一点风,空气热烘烘的,空调工作的声音也消失了。

"完了,狗屁垃圾空调这节骨眼上出问题……"廖加零说。

"不是说没学校的大巴就不能去了,"他又说,"能有多远吗?我们上街坐公交或是的士过去不就行了,何必生闷气。"

张恬不主张再迟到,尽管这是他们一周内第二次犯类似错误了。上一次当廖加零说不用着急,同时摇晃着脑袋在礼品店里踱步的时候,大巴车开走了,没有一点要等待他的意思。大巴车司机是一个胡楂儿浓密、腮帮子鼓鼓的秃头大叔,嘴里老是骂骂咧咧地吐着什么词儿。每次带队老师告诉他,出发和返程前都要清点人头,他的视线就不见了,垂着头像是心里在默数似的,接着他表示工作已经完成了。当时廖加零还抱着个伏特加酒的瓶子,说自己会调制伏特加鸡尾酒,需要买什么什么配方,实际上这些全都是在网上搜的,他所谓的调制其实就是把各种液体倒进一个杯子,最后加一片宾馆里拿的酸柠檬了事。想必这几个酒瓶也高兴不到哪里去,在搭出租车返程的路上,张恬一直听到袋子里它们相互的碰撞声。

当然张恬对室友并没有太多抱怨,至少在乒乒乓乓的碰撞过后,他喝到了免费的鸡尾酒。让他讨厌的其实是秃头大叔,穿一件圆领汗衫配颜色脏脏的塑胶拖鞋,仿佛没有任何事可以阻止他发动引擎。这种随时开溜的状态简直和江楠之如出一辙——十年前张恬上小学的时候,同班同学江楠之就是这副大巴车司机大叔的做派了。夏天里他也是趿着一双脏脏的拖鞋来学校，这双廉价的破鞋子还被他美其名曰"新款的凉鞋"，张恬常常会因为这个不想和他一起走路。神奇的是江楠之也有类似想法，在路上走着走着，那家伙突然摇身一晃就消失了。有时放学一起回家，张恬蹲下身子系鞋带，一抬头那人已经走到道路的拐角处了，这跟江楠之慢吞吞的语速形成了鲜明对比。好比玩一个一二三的木头人游戏，当他处在你视线范围内的时候，是一个缓速状态，然而一旦脱离你的视线，他就会骤然加速，好像被一股不明力量操控着似的。

"有一次，我们路过四年级某个教室的门口，"张恬说，手里攥着鸡尾酒的空杯子，"那些低年级学生真是无法无天，竟然向我们六年级挑衅。说江楠之的打扮像个蠢货。我也觉得他穿得像个蠢货，但是怎么能允许这帮小毛孩说出口呢？"

"我大概知道是怎么回事，江楠之跑了。"廖加零说。

"哟，猜得还挺准，"张恬耸了耸肩，"我冲上去和其中一个小崽子扭在一起，其他人都围成一圈喊着'打，打，打'。实话实说江楠之并没有马上跑路，我看到他缩在楼梯间拐角处，露出半边脸看向我这边，一只手扶着墙。他妈的，好像一个幽灵在暗处偷窥你，你知道这种感觉有多奇异吗？"

"别说了，我的汗毛都竖起来了，"廖加零说，"保不定他真的是个幽灵。"

"或者现在是一个大巴车司机，如果他没有上大学的话。"

他们在街上拦下一辆的士。司机是个嘴唇薄薄的小男人，还没上车就开始询问他们要去什么地方，廖加零嘟囔着，发现自己并不知道具体的地址。张恬给一位同学打了个电话，没有接听，估计是在大巴车上打瞌睡。两分钟以后，他们被司机从车上赶下来，并被教训不要耽误别人做生意。宾馆楼下是条步行街，灰白的大理石地砖像撒上很多面粉似的，图案模糊不清。天上一朵云也瞧不见，一片喧嚷嘈杂中热气扑面而来，天气预报说今儿一整天都是这个样子。

他们又拦了一辆车，这次的司机是个戴眼镜的年轻胖子，没有急着问两人的目的地。

"就是你们这边很出名的一个地方，"廖加零说，"有很多石头人做的雕像啥的。"

"我们最不缺的就是石俑，老祖宗就爱搞这套，"胖子声音洪亮地说，"不管是市博物馆，还是私人博物馆，××堆、××陵都有好多处，我怎么知道你们要去哪一个？"

"你想一下昨天导游是咋说的，我反正想不起来了。"廖加零一只手拢着头发，身子往座位上一靠，摆明了不想再下车了。

"哪个导游？"张恬问，"我不记得有人说过什么啊。"

"妈的，就是非要我们抓紧时间，不让人吃饭的那个老姐姐。"

"你傻了吧，哥儿们，那是我们老师的老婆。"

"一般来说学生参观实习，应该会去市博物馆。"胖子说，"你们去过博物馆了吗？两位小兄弟。"

"第一天我们去的那个是市博物馆吗？"廖加零挠着头说。

"门口面条很难吃的那个地方吗？前面有一个大广场，广场外面有许多树，还有根避雷针似的尖顶的建筑物。我想想，那应该就是市博物馆，大门口的面真的很难吃。"张恬说。

"没有一个人的电话能打通吗？你让他们随便定位一下呗。"

"你别光嘴上问来问去。"

"我手机没电了！你忘了我们为什么会被落下了吧。"廖加零说。

"这次的情况比上次还糟糕。"廖加零又说。

张恬知道廖加零说的"比上次还糟糕"是什么意思。他们返程的时候叫了一辆出租车，兴致勃勃地要求司机追上前面一辆有五颜六色涂鸦的大巴车——"就是那个见鬼的司机开的那一辆，追到了多给你小费。"所以张恬才在车子加速的情况下一直听到叮叮当当的声音，那几个瓶子都像要撞破了似的。

车里的温度有点高，张恬感觉到自己背上慢慢浸湿了。他摇下车窗，一股夹杂着浮尘的热浪呼啸着扑进来，只好手忙脚乱地又把窗户关上。没等他发话，廖加零就说："师傅，能开下空调吗？车厢里面热死了。"

"这么凉快，开什么空调噢。"

张恬翻了个白眼，这胖子看上去可一点不凉快。

"师傅，××陵周围是不是有山的？周围围了一圈山头？"

"这是常识嘛，想好了要去××陵了吗？"

"张恬，我说，不要愁眉苦脸的。他妈的，昨晚上我记得老姐姐从餐馆赶我们出来的时候说了，是座什么山很出名，我想应该是在××陵旁边吧。"

"如果你确定就去呗。"

"不确定，"廖加零说，"我又没仔细听，当然不确定。现在你打不通电话，我们总得想个办法吧？妈的，你不能非要确定某件事，然后才去搞，那时候所有人都完成任务回来了，我们还傻乎乎地坐在车上呢。"

"我不知道，那就去××陵吧。"

"师傅，就去那边，麻烦你稍微开快点。"

"开快点他会多给你小费。"张恬说。

"你是不是想跟我作对？"

"这个是我们现在要考虑的问题吗？想想重点，行不行？"

"你告诉我什么是重点，张恬。"

"比如，为什么有人会把手机一关，突然就没了影儿？"

"啊？"廖加零张着嘴，眼睛一大一小地睁着，"我不是说了吗，一定会有啥比参观博物馆、参观××陵更要紧的事。比某某事更要紧的事，比如说好好地打个瞌睡！你翘的课也不少嘛。"

"你不需要对我解释，OK？我说，你最喜欢解释了。"

"我没解释，我干吗要解释啊，我昨天在吗？昨天你喝酒不也喝得挺开心？要不是手机没电了，我肯定也知道打电话问啊。唉，你说我们要是不去了，老姐姐会不会认为我俩失踪了报警？"

张恬学着廖加零的动作向后一靠，噘起嘴巴说："好像四十八小时才会定性为失踪。"

"那是警察。你要觉得失踪了，那就成，拖久了反而会耽搁扣学分的时机。"

"你说得好像真失踪了一样，而且那时耽搁搜索时机！什么扣学分都来了，你以为是那次的天航啊？"

"想不到天航还有女的约他出去，'我不知道，哥们！'"廖加零尖声尖气地模仿着，"玩完牌以后，天航还打电话问我是不是要跟你们一起去旁边的酒吧，后来我拉着他去广场上逛了一圈。哎哟，那样子真是别扭——我和他们在广场边的花圃照相，地方选得真好。大晚上的，没啥光源，他非东挪挪、西看看位置。照片照出来全是灰扑扑的。"

"脾气特别怪？"

"要求特别多，他穿件短袖、热裤，其实我都看到他肚子上的赘肉了。他还一直问照片帅不帅啦、姿势摆得好不好，好像他看不见自己的几张照片脑袋在反光。哦，那几张是唯一有光亮的照片。"

"那天航说啥了，没让你先走？"

"天航啊？天航笑啊，我说，广场上其实挺闹的，一直是约他出去的那女的在说话。"

"你们在广场上晃荡了两个小时吗?"

"逛了两个小时。我说,张恬,到一座新的城市可以逛的总是特别多,没见过的事也多。广场还有警察,穿的便衣。嘿,要是老姐姐以为我们失踪了,说不定他们一眼就看到我们在这边瞎逛了。那几个人手里捏一卷报纸,我看到里面裹的警棍了,有个人警棍的屁股都露在外面。"

"哦,我第一次听说。"

"都是抓不法小贩和扒手的便衣,"胖子司机好笑地说,"谁会来管你们两个失踪的小屁孩。除非你们在广场上偷东西,他们可能会两棍子把你敲晕。"

"那在酒吧你们桌游玩得怎么样?"张恬说,"谁赢的盘数最多?"

"肯定是我啊,你以为他们有戏吗?"

"玩什么?还是吸血鬼小镇?"

"酒吧售票员那里没有原版,新版的玩着挺奇怪的,规则和牌数别扭,比你当电灯泡的时候都别扭。"张恬说。

"你们在哪儿散的。"

"天桥右边的人工湖那儿,水面上很多荷花。他妈的,我也不知道是不是荷花,"张恬说,"当时都各要去买各的东西,那谁谁要去便利店,有人又要去快餐店打包。我一直以为他去快餐店了,跟他不是一层楼的。"

"都他妈任性,没人愿意绕个道。"

"出来玩很正常,别整天大惊小怪的。"

"张恬,你再打个电话试一下,万一不是在××陵怎么办?"

"你长点心眼吧,人家这会儿睡得正香,你怎么打都打不通,才过了几分钟啊哥儿们,"张恬说,"做人要有点耐心,好不好。"

"我倒是个有耐心的人,"廖加零眨巴着眼睛,摆出一副很夸张的愤慨表情,"你这话应该对那个长得像江楠之的蠢货说,真的。我一向不缺耐心。"

到了××陵的路口,胖子司机一个急刹车,把两个本来快要睡着的人颠醒了。他说再往里开就要收门票了,叫他俩自己走进去。四周都是山,陵园的大门口有两尊石刻的狮子雕像,正对着一片连绵的山脉,在这样一个晴天里它们的轮廓特别清晰,张恬觉得他能看清山上的每一棵树。

廖加零绕着石狮子走了两圈,说:"它们肯定是后来的人弄的,如果是古董才不会大摇大摆地坐在大门口呢。"

"我可不想买票,"张恬说,"按理说我们都到了,他们现在肯定也到了,得让徐老师出来接我们。"

"看看大门口这片广场,全是卖纪念品的。啧啧。"

广场上铺着斑点黄的防滑地砖,有很多卖纪念品的摊位。摊位的棚屋,还有里面卖的纪念品也都差不多,最多的就是出租车司机念叨的老祖宗最爱搞的石俑。这些迷你石俑,不到半只手掌高,单个的或者包装成套的应有尽有。张恬拿起一个小人儿石俑,细细打量着上面灰色的油漆。

"买五个送一个,一套十个八折优惠。"售票员有气无力地打着哈欠。

"跟我小时候玩的小人儿打仗玩具似的,只是稍微精致那么一点。"张恬说。

"啥玩意儿,"廖加零嫌弃地说,眉毛拧成一团,"这么小的石头人儿,还成套卖的。哦,张恬你看,这两个单独的小人不正像我们俩吗?包装盒里的就是那群坐在大巴车上的傻蛋。赶紧地,叫老姐姐出来接我们。"

张恬掏出手机，点了点头说："天航回了条消息，他说是在××陵，他们已经进去了——叫我们自己凭学生证进大门，他说有证就可以出入。"

"好了，现在我们坐门口，等他们出来就行了。"

"不拍两张照片，看你到时候作业怎么交差，"张恬径自拽着廖加零走向陵园入口，"而且坐在外面难道不是更无聊？你是不是有点搞不清状况？"

"哎哎哎，你先别急，看你旁边，"廖加零说，"你旁边那堆没头的人肯定是古董，赶紧过去拍两张交差用。"

廖加零指向××陵售票处右边的一片草地，这里立着十几个列着四方阵型、同人等高的石俑，不过它们脖子上都有凹凸不平的锯齿状切口，所有的石俑都没有脑袋。这边的游客倒是不少，大家都喜欢站到那些没头的石俑后面，把自己的脑袋拼到它们身体上拍一张照，不知道是谁发明的创意。

"这应当是古代艺术家们的一种尝试吧，"廖加零说，"先造好俑像，再把它们的脑袋掀掉。在当时明显属于比较先锋的观念。"

"正常的推理难道不应该认为是被盗或蓄意破坏吗？"张恬笑了笑说。

在这段时间里，空中的云聚集起来，不再是朗朗晴天，石俑在光线隐匿后显得更加黯淡了。廖加零咯吱咯吱踩过一片沙砾，他后悔手机没电了，又没有相机，只能凭感觉记下看到的这些。他虽然觉得作业没意义，但对石俑还是有兴趣的，因为毕竟要交考察报告。和石俑群隔了二三十米的地方有一块碑，高两到三人，灰灰白白的，普通的火山岩质地，听说是陵园的主人为自己立的。

"这样看来石俑们是一群保镖。"廖加零摸着碑身说。

石碑旁有一条小径，蜿蜒通向后山的树林，密集的树荫间洒下点点光斑，使得林子里不那么昏暗。张恬掸了掸 T 恤上的蜘蛛网，发现不远处还有两个石俑，和之前那些石俑的造型不同，线条要精致很多，而且是端坐着的一男一女。这儿很少见游客，因为一般人在外边跟石俑合完影，就直接进大门去了。

张恬抬起头，发现天边泛起几道马鬃样的云翳，在这一瞬间，他错以为有什么幻象出现，其实是重叠的云彩变更多更浓厚了。廖加零对缥缈的天象没兴趣，他催促张恬赶紧进陵园里面去，何况他们连大部队的影儿都还没有看到一眼。

"我们到这儿不是为了追上见鬼的大巴吗？顺便说一句，这么大辆车停哪儿了，我他妈搜了半天硬是没见着。"

售票处前面横着坚固的铁栏杆通道，售票员是个瘦弱的中年女人，无精打采地耷拉着眼皮。张恬在背袋里掏摸半天，在几乎以为证件掉了的关头，才把那个皱巴巴的小本子扯了出来。

"你好。"张恬说。

"全票一百二，你们有学生证吗？"售票员说，没有任何表情。

张恬点了点头。

"实际上我们是组团买的票，已经付过费了。"铁栏杆上方有个反光的标志，也是金属材质的，形状让他想起天花板上的那块水渍，"我们是××学院艺术系来考察的学生。"

"什么大学？"售票员翻了个白眼。

"××学院，××。"

售票员翻开一个本子，又搜出一副眼镜来戴上，食指落在页面慢慢向下移动，嘴里默念着什么。张恬瞥了一眼廖加零，他正在懒懒地打哈欠。

"没有××学院的团购记录，你们说的可能是××陵东区。"售票员干巴巴地判断。

张恬将手伸进裤兜，摸到一大把散钱，当他往外掏的时候，一张电话卡从兜里漏出来，与此同时还有几张小面额钞票一起掉到地上，他不得不躬下身子去捡拾。

"我不明白你说的东区是什么意思。"张恬有点懊恼地说。

"这边是老××陵，上个世纪七十年代就发掘出来了，"售票员说，"东区发现的是新遗迹，其实也是十多年前的事了。我这边没有记录，说明你们学校买的是东区的票。"

"东区在哪里？是另外的售票口吗？"张恬问，"天航这个家伙发短信又不说清楚，我还不如自己查地图。"

"东区和老××陵不在一个方向，你们如果打车过去一小时内应该能赶到。"

"'东区和老××陵不在一个方向，你们如果打车过去一小时内应该能赶到。'"廖加零苦着脸重复了一遍。

他嘴巴微张着，从裤兜的烟盒里抽出一支烟想点着。

"别他妈给我吸你的二手烟。"

"我就要抽烟，你管得着吗！"廖加零粗声粗气地说。

"售票员的意思是说，我们现在得马上打车去东区，再晚点就到午饭时间了。"张恬说。

"我没意见。"

"我再问下天航，这小子发个短信来就说了个××陵，谁知道还要分老的和新的，"张恬比画着说，"况且还隔了十万八千里，简直有病。"

廖加零扬起眉毛说："第一次听说自己死了还要分两个地方埋的，真他妈的蠢。"

"说不定有三个地方哩。"

"不过再蠢也没有天航这货蠢。"

"电话关机了。"

"我说吧。"

廖加零掏出自己的手机,窸窸窣窣地点了一阵,没有任何反应,于是大为光火地骂起老天爷来。张恬抬头看了看老天爷,闷热的晴天已经过去,那轮淌着熔岩的太阳藏到了云层后面,隐约露出一点微光。天色显著地暗下来,穹顶的云聚集得越来越多,像拼图一样凑在一堆,他仿佛已经听到了隆隆的雷鸣声。这时候两个人刚走出××陵大门,张恬注意到两尊石狮雕像,它们的姿态不再那么威严,炯炯的眼神也变得空洞呆滞,似乎是在暴风雨来临前疑惑着什么。

"光头的电话暂时无法接通。"张恬说。

廖加零虎着脸不说话。

"他们可能是在参观地下陵墓,类似我们上次进去看的那种,下面估计没有信号的。"张恬说。

"哦,我们只要等车就行了,"廖加零说,"反正到时候他们差不多也参观完了。"

"门票一百二。"

"你还要把学生票打折的钱也算进去,"廖加零说,"一个人九十,五十个人四千五。而且这是学校出的钱,我们又没交钱。"

"哎哟,那你觉得到底是亏呢还是不亏呢?"

"我怎么知道,张恬老师,别问我数学方面的问题。"

"那换个问题,"张恬托着下巴说,"前天买的鸡尾酒材料有没有超过一百四呢?"

"废话,前前后后加起来至少要三百多吧。"

"那就当我们赚了好了,喝了三百块钱的酒,少看七十块钱的门票。"

"问题是天航光头他们也喝了,他们还去参观了。"

"这不怪你的破手机怪谁。"

"哟嗬,哥儿们,我的才不是烂手机呢,"廖加零立马要跳起来一样,"我的手机老贵了,是充电器没插好。"

"说到底,我们也就比规定时间晚起床十几分钟而已,"廖加零又说,"难道这一切痛苦的根源不应该是那个死胖子江楠之?哦,不对,那个司机叫什么来着,瞧瞧你讲的这堆鬼故事,搞得现在人名我老是记混。"

"鬼知道他叫什么,谁有兴趣问他。"

"这不是关键,关键是他开着那辆车,"廖加零说,"我们就必须得去追。"

一阵热风从他们背后灌过来,风势很猛,卷起来大片树叶和灰尘。一旁的张恬低下头,用手臂遮挡住面颊,两腿伸直了稳住身体。两人哈着腰往前走,身后的风形成了一股推力,就像是陵园的幽灵们在催促他们离开。高处的云朵不断翻滚变化,张恬和廖加零也越走越快,最后撒开腿小跑,朝着有出租车站牌的位置靠近。××陵很快被甩到远处,隔了一大片稀疏的草地,回头望只能看到一圈围墙。廖加零跑得太匆促,差点儿跌了一个跟斗,好不容易勉强站住,他放下手臂,长嘘了一口气。

"今天为什么会刮这么大的风,"廖加零说,打量着被吹得鸡飞狗跳的四周,"天气预报没有说要下雨吧,我可没有带伞,等会儿别被淋成落汤鸡!"

张恬挠了挠头皮,几根毛乱糟糟地支棱着,他以为今天存在的莫名烦躁感会慢慢消失,看来他高估了自己。甚至他感觉从起床到现在,似乎整个过程都在浪费时间。他利索地拍了拍裤子上的灰尘,闭上眼睛。

他的脸颊突然冰凉凉的,像被针刺了一下,他下意识伸手一摸,是两滴水。紧接着无数水珠从天而降,越来越密集,即将成为一场夏日的阵雨,这正是刚才那些堆积在一块儿的乌云干的好事。张恬一开始没有在意,它们在高空中发出的微小的嗡鸣,拧动着身子,现在雷鸣般咆哮起来,化作无数水滴搅动着空气冲向大地。

虽说雨来得有点令人猝不及防,但张恬背包里有一把折叠伞可以勉强遮挡。伞面是透明塑料材质,形状像一个罩下来的鸟笼,完全是把单人用的小伞。因此廖加零即使想往伞边靠一下,也被鸟笼隔在了外面。

"我的哥啊廖加零,什么都不想带,只带了一个没电的手机。"张恬边摇头边说。

"想我夸一夸你的未雨绸缪,先见之明吗?没门儿。"廖加零说完,随手抄起一张报纸盖在头上。

"你的确需要点这方面的榜样。"

出租车站牌周围空荡荡的,看上去再过一个世纪也不会有车经过。眺望××市远处的市区,黄澄澄的地平线一片光亮,好像并没有受到阵雨的影响。

"这车估计不来了。"廖加零说。

"哪有不来的道理,早来晚来而已。"

"不,我是说,就算等会儿有车到了,也赶不上了。"

"你是说赶上什么?"

"大巴。"

"我们不过是去东区拍几张照片,交差用嘛。即使他们参观结束了,我们还是可以去呀。"

"不,就是赶不上。"

"我不懂你的意思。"张恬恼火地说。

"不如我们打个赌,"廖加零说,"在这阵见鬼的雨消失之前,我们等不到一辆出租车。就赌今天晚上的鸡尾酒。"

张恬咧开嘴笑了:"我可不信你这一套。"

"等着瞧吧。"

廖加零说着,也不管站牌湿漉漉流淌的雨水,往铁皮上一靠,后背和肩膀立刻浸湿了一大块。张恬握紧雨伞,望向公路的一端,好像有一辆车很快就要到了似的。

《民族文学》2017 年第 10 期

蓝色的涂鸦墙

张恬手心有异样的灼烧感，原来是握着一根冰凉的栏杆。他挣扎着从床上坐起，窗外蓝黑色天空晕着一片朦胧的光线。室内更黑，看不见任何完整的东西，只有模糊的线条浮现出来。坐在椅子上的应该是学文，一张铁椅子，木质靠背，可能只有人背的四分之一那么大，靠久了会压出一圈方形红色痕迹，跟戳了印章似的。

他在听歌，随节奏耸动着脑袋，哼的调子很歪，张恬听不明白。然后他似乎觉察到什么动静，换了个坐姿，脑袋侧向张恬的床铺这边。此刻忽然有刺鼻的气味从门缝间透进来，张恬动了动鼻翼，眼前的景象变得清晰一些了，是视力适应了黑暗，还是难闻的油漆味唤醒了感官？唯一可以肯定的是伊夫在外边做他的作品。张恬眨了眨眼，竖起耳朵，听到的仍然是学文的哼哼唧唧和对面床上连浩轻微的鼾声。打五点半过天就慢慢黑下来了，寝室一直没有来电，一觉睡过来跟睡了一个世纪似的，一看表时针才走了一格。一天又要过去了，张恬觉得头有点疼。

好在头疼并不明显，几秒钟后就缓和了。然而他换一个角度活动脖子，又可以感觉到疼，好像脑袋里某个分区发生了地震，轰隆隆作响。张恬打了个哈欠，踩着扶梯下到地上，两只脚四处乱蹬了半天，踩到洗澡穿的人字拖。光脚的时候没事儿，一穿上人字拖突然打了一个寒战，连牙齿也磕碰起来。阳台那边，凛冽的寒气从窗框的裂隙吹进来，他很想抓起打火机点亮一片光焰，既能取暖还能找到他的绒毛拖鞋——不过问题在于，他根本就记不清打火机放哪儿了。

"走不走走不走？"

"太早了，才六点半妈的。"

"哎哟光头，你瞎了还能哼一个小时。哼哼唧唧哼哼唧唧。"张恬在学文光滑的头顶狠狠敲了个响，随即两只手又交叉着藏到胳肢窝里。

"老子爱靠这消遣，你管那么多干啥。"

"我是你爸爸。"

学文粗着嗓门嚷嚷，举起手在空气中扇，"你说这哥们儿喷出来的味儿大不大。就这会儿，谁去走廊谁就得中毒。"

张恬两只手试探着插进兜里，摸出两张餐巾纸，熟练地揉成球堵在鼻孔上，打开了寝室门。走廊尽头处安全通道的应急灯亮着一星绿光，黑暗中这抹亮光显得有些尖锐，像天空中抛射出的照明弹似的。一阵穿堂风刮过，张恬看到伊夫戴了个防毒面具，或者说他认出了防毒面具的轮廓，在斜对面的墙上喷漆。他喷一会儿又摇两下罐子，退后几步欣赏几秒钟，似乎真的看得见一样。

"你确定知道自己在喷啥？凭你的第六感吗？"张恬问。

寝室门在身后哐当一声关上了，张恬知道肯定是学文那个傻瓜用脚踢的。

"我当然看不清，你以为我戴的夜视仪吗，"伊夫在面具底下瓮声瓮气地说，"无视觉涂鸦也是一门艺术，懂吗？你一个搞艺术批评的，应该知道这样才能激发出潜力和创新精神。我对这幅作品完全没有任何预期，啥都不想，但是说不定做出来效果惊人呢。"

"你在走廊上摇得当啷当啷的没人跳出来提意见?"

"哎哟,你这不来了吗?"伊夫九十度弯腰,从右手边的纸箱子抽出一罐不知道什么颜色的喷漆。

"对面寝室人呢,他们还在睡?"张恬敲了敲门,"他们中午到现在睡了六个多小时了,我真佩服。"

"他们貌似到乔林那边的小卖部买蜡烛去了。切,你说他们晚上又不搞活动黑灯瞎火的睡觉不就完了,还非得点几根蜡烛,硬是太拿自己当人看。"

"学校不拿我们当人看,我们难道再自己作践自己?"

张恬手插在兜里,吹了个口哨,走回自己的寝室。踢开门,大致能看到地板上两个长条状凸显出来的影子,黑色中带着点红色。这对他开学那会儿买的哑铃,最近被邻寝室的傻子杨琪把砝码越加越重,举都举不动了。张恬将鞋尖轻轻抵到哑铃上,哑铃开始不停地来回晃动,摩擦着地板。

踱步到隔壁寝室,人高马大的天航,只套了件短袖,正在用不知名的工具夹自己的头发,想把头发拉直。最近天航异地女朋友视频通话的时候说他的卷发太别扭了,别扭吗?这种网上十块钱买的拉发神器更别扭。奇形怪状,也不是电动的,更像一件独门武器,简直是虐待头发。

杨琪神经质地抖着脚,之所以说他神经质是因为抖动的幅度实在太大了,整个人都在跟着抖。椅子有条腿本来是瘸着不了地,这下正好嗒嗒地响,一会儿着地,一会儿不着地。张恬都不想和杨琪理论,不然他又要啰里啰唆地辩解半天,白白浪费口舌。

"恬哥,学校不拿我们当人看哎,"汪涵在阳台门口说话,"上周断网,这几天是要停电直接置我们于死地哎。"

"你还知道起床,我以为你比金星他们睡得还死。"

汪涵噘着嘴说:"伊夫在搞什么,把门关紧点,哎哟我差点中毒了。哎,那个夹头发的傻瓜在门口都闻不到哇?"

"你要问杨琪啊,我太专注了没有注意。"

"老子刚刚在想事情。"

张恬踱回了寝室,学文又没听耳机了,换作摆弄他的芝宝打火机。转个圈,点燃五秒钟,啪嗒盖上帽子;再转个圈,再点燃。连浩的鼾声变得越发有规律了,刚开始这小子一直没睡着,张恬倒是听他讲话睡着了。梦里他梦到所有人都在睡觉,窗外排列着无数蓝色的闪电,有很多鸽子在飞;闪电一明一灭,像他在元旦晚会上看到的竖琴琴弦。

张恬看向窗外,远处,估摸一两千米距离的研究生宿舍灯火通明。看着看着,他的眼眶被冷风激出了一层泪珠,灯光在视网膜上成了彩色的马赛克。

"晚上有比赛啊,不打算看吗?窝在寝室里难受不难受。"

"才六点四十。"

"行行行行,十点左右吧。去早了对身体不好,我知道。"

"行,"学文点头,"到时候你叫我,我怕忘了。"

"这都能忘,你还活不活了。"

"嘘,小声点,人家连浩在睡觉。要扯淡去隔壁寝室,不然把人吵醒了。"

隔壁杨琪在阳台上打电话,汪涵屁股紧抵住阳台门不让冷气透进来。天航还在夹头发,成效非常不明显,但张恬佩服他的毅力。他想,在什么都看不见的黑暗里,人往往对自己做的事失去清醒的判断。

"哦,好,你们小心点,先稳住。"杨琪边打电话边推开门进来了。

他抬头看了眼张恬,这次说话的音调比平时高了不少:"我有个老乡遇到点麻烦。"

"你直接说啊。"汪涵说。

"他们前几天不是搞活动展吗？好像说有几个小子调戏班上的女同学，他们四个男生就上去帮忙，对面说话很冲，我老乡他们肯定也不示弱啊，只不过当时有老师在没引发太大冲突。结果这会儿他们在台球室又遇上了，对方七八个人。"

"小混混吗，社会上混的？"

"不是，其实应该是公共艺术学院的。"

"他们给人截住了不让走吗？还是要报仇？"

"没有没有，那帮人还没发现他们呢。但是这帮小子刚出现，在门口位置那张桌子，我老乡他们不好脱身。"

"乔林楼上的那个台球室吧，哦，三楼。"

"意思是要点人去撑下场子。走走走，老子这会儿反正没事儿干。"

"你们都来帮个忙，到时候我和老乡请你们几个吃饭。"

"不会真的打起来吧？"

"就是撑下场面而已，不会打起来的。哎，听这口气你到底想打呢还是不想打？"

"以防万一，还是带点防身的家伙吧。"

张恬从隔壁寝室走出来，伊夫已经不在了。几个带金属光泽的喷漆罐子歪歪斜斜地倒在纸箱旁边，即使用纸堵住鼻子也挡不住弥漫的刺激气味。他喷在墙上的图案挺大，不高，但是有两三米宽，形状看不真切，颜色也分辨不清，有点像他梦里见过的大鸽子，张牙舞爪的。主体周围还有不少波浪状的线条，歪七扭八地交叉着，寓意不明。伊夫没在寝室，防毒面具仰放在桌面上，张恬估摸他吃饭去了。六点半不正是吃饭的时间吗，他差点忘记自己没吃晚饭了。

"没吃晚饭要是真打起来岂不吃亏了。"

学文把扫帚毛刷拔了,留下根裹了层彩带的棍子,喃喃道:"有了家伙还怕没吃晚饭。等会儿吓得那些公共艺术学院的傻×屁滚尿流,还没打就叫爸爸。"

"说得像你经常去打架混社会一样。"

"拖把扯不开,"学文嚷嚷着一把抢过张恬手中的拖把,"乱搞啥呢,拖把的棉布扯掉了装不回去,就他妈报废了。"

"你说杨琪他老乡会请我们去吃什么?中餐?"

"请你吃碗面,你就知足吧。"

"这么大的事,说不定等会儿打起来,请吃面不可能。"

"我怎么听到警车的声音了。"学文从蹲着一下站了起来,窗外越来越模糊的鸣笛声听得出是从很远的地方传过来的,并不在学校周围。

"是消防车吧,警车响的频率不是这样的。"

张恬的视线正好落在哑铃上。他把哑铃上的砝码取了,剩下两根不锈钢的金属棍,拿起来心里顿时有底气了。走到门口看到杨琪站在那儿,手里空的,张恬递了根棍子给他,他看了一眼接了过去。杨琪挥动了两下棍子,破空声挺响。

"拖把拿了我还用什么当武器,快点。"

"我去把浩哥叫起来。"杨琪说。

连浩脸贴着枕头,估计好不容易才进入睡眠状态。杨琪拍了拍他的屁股,抓住大腿左右摇晃,昏暗中只看得见一团影子在动来动去。

"浩哥,浩哥。"

"嗯。"

"浩哥,你清醒下,有事找你帮忙。"

连浩撩开被子,褐色的头发压得乱糟糟的,他上半身没穿衣服,看得到两块鼓起的胸肌。他眼睛瞄了一下,闭上又睁开。

"我有个老乡在台球室遇到点麻烦，一起去帮下忙。"

"你提的什么棍子那么短一点？"

连浩坐起来，边叹气边穿衣服：他先套了件短袖和毛衣，下半身本来就穿着长裤。虽然黑黑的看不清，张恬断定这是条运动裤，昨天他看到连浩穿着这松垮垮的裤子在操场上跑步来着。

连浩掂量着哑铃的棍子，转身抽出一张卫生纸。他比张恬和杨琪矮大半个头，但看上去很壮实。

"我的哥，你们要把人敲死吗？"

"对面有七八个人，我们这边六个。国画系那边来了几个人，过去吓吓他们。"

"国画系的比我们近啊，张超他们几个是不是？"

"没错。"

"张超那个暴脾气！你们叫他过去不打起来才怪。"

"那我们就快点过去呀，"杨琪说，弯腰捡起地上的拖把，"别等他们打起来。"

开门看到走廊上站了三个人：天航最高，空着手，汪涵叼了根烟，看不见烟雾，只有一点亮眼的火星。还有个拎塑料袋的人，脚一前一后分开站着，不知道在跟天航说啥。

"鑫哥回来了，提了袋蜡烛，等会儿有蜡烛用。"

"等会儿，我也要去，我去把蜡烛放房间里。"

"金鑫，带个什么家伙吧。"学文说。

张恬挥手驱赶着汪涵吹出来的二手烟，看金鑫提着袋子进去了快一分钟还没出来。

"我找不到家伙，看都看不见了。"

"你他妈刚买的蜡烛不知道点？"

"快点！我们先走一步要不来不及了。"

杨琪在前头领着一行人，楼梯间黑咕隆咚，他们下阶梯的步伐放得很慢。外面气温差不多比室内低五六度，风刮得很大，几栋建筑和树都笼罩在暗夜里。天上没有月亮，只有乌涂涂的云气占满了大半个穹顶。张恬哈了哈手缩进袖子里，用袖子裹住棍子再捏住。杨琪后面是汪涵，抽的烟一直往后面飘。张恬尽量转移自己的注意力，比如想象到了台球室会发生什么：是好几拨拿着家伙的人推搡着相互叫骂，还是打砸得桌上的台球都滚了一地。

反而是连浩走在队伍的尾巴上，手里攥着铁棍子，没梳的头发向后到处飘飞。张恬觉得这才叫拿得稳，他想，等会儿要看浩哥怎么掌握分寸，不像金鑫那样不靠谱的，找不到称手的干脆带个手机，照相兼报警。

"我老乡他们不接电话，咱们走快点。"

"鑫哥你真的什么都不带？学航哥啊，人家浩哥都拿了棍子。"

"你管我这么多，先把自己管好。"

"用不上棍子的，你以为真的要去抢人啊？"

"哎，你给张超打个电话哦，真的抢起来了怎么办。"

沿途的路灯全是熄着的，张恬记得就算停电一般路灯还是会照常工作的，难道研究生宿舍是用独立的发电机供电？

天空中隐约响起了低沉的轰鸣声，张恬看到云朵被风托举，很快地走着，里面有亮光在闪烁。杨琪右手拿着电话，左手的木棍平举着，手背朝上，试探天上是否有水滴落下来。这会儿风有点大，他们正好处在逆风的朝向，张恬恨不得自己没有穿件风衣，至少带伞也好。

"喂？哎，是张超吗？我给你说……喂？"杨琪眯着眼左手遮着额头，"你说什么啊？你们究竟到没有到？"

头顶的天空瞬间忽然亮了，乌云中穿过一道冰冷的白光。所有人都顿住脚，张恬下意识地用手堵住耳朵。伴随而来的是巨大的爆炸声。当然这是打雷，可声音却如平地暴发一样，吓得人心里一惊。

汪涵从杨琪手里抢过手机："这时候还打电话，你想死啊。"

雨滴伴随着冷风，从张恬的斜后方赶过来，飒飒地打在他们脸上。终于到了乔林饭馆楼下，这栋房子只有三层，台球室在顶楼。里面灯倒是亮着，暂时听不出有什么异常的动静。张恬想，会不会所有人都已经倒下了，还有满地的椅子腿、拖把棍一类的东西。

"我们直接提着棍子上去不？"学文问。

"对啊，"张恬说，"台球室老板也是有背景的吧，我们这算不算是去砸场子？"

"慌什么，"连浩说，"杨琪再给老乡打个电话。"

"哦，行。哎哟，张超他们打过来了，哦不对，是我老乡。"

杨琪从汪涵手里接过电话。

学文抹着后脑勺的水，一只手搭在连浩淋湿的肩膀上。

"我给你俩讲，"学文说，瞥了眼张恬，"等会儿又有大风，跟上周刮的那种差不多。"

"没错，得赶紧找个安全的地儿避一下。"连浩说。

张恬记得上周的暴雨，伴随着不知道多少级的"飓风"，雨都是横着在下，像奔袭的高压水龙，又像噼里啪啦连续炸响的"弹雨"。当时寝室里断了网，大家无所事事瞧着外面，感觉就跟世界末日来临一样。

"没错儿，"学文晃荡着下巴点点头，"这可比公共艺术学院的傻瓜们吓人多了。"

"喂？喂？"杨琪抓着电话嚷嚷着。

"干吗呢，你几个？啊？"他翻了个白眼，"啥？哦，哦——"

然后他"哦"了一分钟。

"我老乡说他们……已经一个一个偷偷溜了。"

"啥？溜了？"汪涵瞪着眼珠子，眉毛扬得老高。

"这会儿都跑回寝室了。"杨琪缩着个肩膀说。

"那不是张超？"学文指向三楼窗口，一个叼着根烟的光头，脑袋正动来动去。

"张超！你他妈的在上面干吗？"

张超的光头从窗户伸出来，耸动着嘴里的条状物打招呼。

"真的打了架到时候要挨处分的，"杨琪说，无奈地撇着嘴，"我老乡还不是想不要连累大家，就悄悄跑出来了。"这当儿已经是暴雨了，水哗啦哗啦地砸在雨棚上，天上游过几条蛇一样的闪电，看上去比张超还要狂躁。

"老子来了屁都没看到一个，不打两杆台球，他妈的。"张超粗哑的嗓门穿过密集的雨声传下来。

"你知不知道外面雨下得有多大？"

"关老子屁事。"

张恬衣服帽子已经湿透了，才发现浩哥金鑫他们早就转身在往反方向走。

"走，去看电影。"金鑫说。

"没钱啊。"

"走，我掏钱。"

"我要回去睡觉了，"连浩说，"昨天一天没休息，你们去吧。"

张恬跟在连浩屁股后面，抹着脸上的雨水，没有搭理旁边哼哼唧唧的学文。

"你知道被逮到了什么下场吗？"学文说，"至少都要挨个校级处分！"

"你在看什么？"张恬取下帽子说。

"看你。"

"不不，我是问你正在看的手机，你在看什么？"

"天气预报，"学文说，"上面也没说有没有飓风。"

"内陆哪来的飓风。"

"我打个比方，懂吧，"学文扭过头说，"语文没学好别跟我说话。"

不过他很快又抬起头问："那现在先回寝室吗？"

张恬点了点头，表情跟刚才比显得不自然了，口中念念有词。

"马上十点了。"张恬盯着烛芯上燃烧的火焰，听着连浩均匀的鼻息。

"唔。"学文坐在小凳子上半眯着眼，表情昏昏欲睡。

"你不是要睡着了吧？"张恬说，"要不你去洗个澡，清醒一下再出门。"

学文满脸映着烛火跳动的影子，它们扭动的节奏和窗外雨点打在遮雨棚上的频率出奇地一致。

"困，我感觉——想睡觉。"

"你去清醒一下啊，白天一天都在睡觉，你晚上又睡觉不睡死了？"

"啧，关键是不知道电什么时间来。你看嘛，上次宿管大妈说顶楼管电的那个一下雨就出毛病，而且雨天湿漉漉的没人来维修，危险系数太高了。"

"所以才要出去呀！你知不知道等到十点这两个小时有多漫长。"

"算了，不想去了。"

"我真是服气了，干吗又不想去？"

"我实在是不想下雨天出门，下这么大的雨，心里头发慌。"

张恬放下手里的不锈钢棍子，盯着窗外，模模糊糊中亮光好像又变多了：有几块橙色、紫色、红色的马赛克斑点。他似乎看到了一架航班，还有红绿色的航行灯，用不知道算快还是算慢的速度行进着。他不禁有点为飞机的安全担忧的感觉。

"伊夫一个人都出去了啊，你懒不懒？"

"屁，他不是到对面寝室借东西去了吗？"

"借完走了啊。你不知道他去涂鸦吗？学熙街那边的青梅楼。"

学文没说话。张恬又说："他们涂鸦社承包了几块墙，伊夫负责靠地铁站方向蓝色的那一面。人家说了，这学期内完工都可以。你看，他还不是去了。"

"鬼清楚干啥去了。"

"你烦不烦。"

"我又不搞无视觉艺术。"学文眼睛半睁，抖着腿，喉咙里哼哼唧唧的。

张恬拍了拍学文的脑袋，忽然想起走廊上画的那只大鸽子——看来它在自己梦里乱飞并不是没有意义的，或许就是一个提醒他的征兆。

他拿起蜡烛在寝室里晃了一圈，才想起之前把伞借给杨琪，有一根支架坏掉拿去修了。于是他借了把别人的黑色大伞。学文看起来真的很困，他趴在桌子上打盹儿，但就是不上床。尽管过道里并没有雨，可张恬还是撑开伞，就这么举着下楼去了。

《山西文学》2019 年第 3 期

种一地南瓜

"要不我们猜个子儿，预测下这雨什么时候会停？"张恬说。

这场雨从礼拜一开始细细地下，越往下势头越猛，快三天时间了，丝毫没有要停的意思。头顶的乌云体积一天天扩张，给人带来一种压迫感，仿佛天空的高度在不断下降似的。张恬打开手机上的"墨迹天气"，发现毗邻的N市同样未能幸免，也被凶猛的暴风雨袭击，造成不少学校临时停课、公司放假。偶或抬头向窗外望去，雨水从天上倾泻而下，在不同物件上拍击出音质不同的声响，挟着一缕缕风凉四处飞溅。这雨幕并不是劈头盖脸地垂直泼下，而是左右飘忽横移，像有只看不见的手在拨动它们。张恬现在唯一能干的事，就是躺坐在沙发上，似睡非睡地，任由冷雨把院子里的花草浇得乱七八糟。

江楠之家里的猫昨天不见了（他怀疑是不是给大风刮走了），不过他表示这样糟糕的天气，它应该待在家里而不会是冒险离家出走。当时张恬正在睡午觉，被一通紧急的敲门声惊醒，还以为是大炸雷劈到门口了。虚掩的门被推开后，但见江楠之一手攥着电话，身上湿漉漉的，就像掉进江水里刚爬起来一样。听见是江楠之的声音，看到他嘴巴张张合合，声音和雨窸窸窣窣融为一体，张恬眉毛动了动，闭上眼迷迷糊糊又睡过去了。

院子里的告示板被人用石头砸了个洞，张贴的通告浸成了糨糊，黑红色的墨水沿着高处淌下来，分岔交织成看不懂的图案——那上头基本上没法贴"失猫启事"了。走出门外的张恬发现，院子老旧的排水系统已难以应付目前的降雨量，在这几十个小时里，积水慢慢升高没过人的脚踝，水面上漂浮着垃圾和草叶。不知从什么地方冒出来了三两只青蛙，蹲在树丛里有一下无一下地发声，好像也有几分惶恐不安。

张恬回到屋里，点了支烟坐在沙发上，眼睛不停眨巴着：门外积水的颜色深而污浊，尽管它不断被新的雨水稀释。问题在于排水量远跟不上新增的积水量，情况只会变得越来越糟糕。然而就这样，张恬可以一直无动于衷地坐着，看着，并不觉得无聊。他发现，某部电影里所说，只有无聊的人才会感到无聊——其实是错的，因为无聊之人根本不知道什么叫无聊，这才导致了他成为无聊之人。

"不要玩文字游戏。"听了张恬的高论，江楠之擦拭着镜片上的水汽说，"无聊的人既可以指自己觉得无聊的人，又可以指让别人感到无聊的人。你那个狗屁错误观点说的是前者。我觉得这两种说法都没啥问题，你觉得呢？"

"有什么区别？"张恬吐出一口烟。

"区别就在于，"江楠之翻动着手掌说，"这样说话的人没有设身处地——即使是一只猫，我们也要考虑多种可能性。首先，卡鳅是一只英短公猫，一岁大了（此处省略几十字关于英短猫特征的描述）。其次，它是自己逃跑，还是意外走失？是否跟发情期有关？有无生病或是受到惊吓？聊天群里说什么的都有，我也拿不准到底参考谁的答案。"

"我看区别在于，在你的眼里他根本不是一只猫，"张恬坐直了身体，耸耸肩说，"你儿子还没出生之前，卡鳅就是他的替代品。可自然界里的规则要简单得多，猫就是猫，好多父母把这个年纪还跟在它们后面的小猫咪赶走是很正常的事。"

"别和我提这该死的大自然……"

"抱怨啥啊，指不定老天爷明天就会让洪水把卡鳅送回来，"张恬在江楠之的怒视下翻了个白眼，"好吧，它自己游回来……开心了吗？"

江楠之没有回话，只是鼻翼鼓动着，鼻孔张得很大。

不管是不是张恬的错觉，雨势稍小点以后，院子里——要么叫它湖更好——的青蛙都游出来了，数量比他想象的要多得多。张恬靠着沙发抽烟，江楠之忙着给物管和邻居们打电话时，青蛙们吵嚷个不休。这些白绿色的小东西，除了蹲在水边发出打嗝一样的声音，还明目张胆地四处游泳，要是在平时，说不定一只猫，或者狗，都会要了它们的命。说来说去，它们虽然没能让张恬更烦躁，却也让他没有了午觉的兴致，除非用人耳式耳机塞把耳道堵上。

"有什么好猜的？"江楠之回答说，"明天，顶多后天，雨就该消停消停了，哪有这么不讲理的天气？要我说，老家那些庄稼估计都淹坏了。"

张恬摇摇头："不至于吧。"

"怎么不可能？没好好看天气预报？明天：小雨；后天：晴。妈的，这些天上的破布能量再大，这几天也消耗得差不多了啊。我老家那边也发过大水，小时候，我妈说雨下起来没个完，差不多也就是指四五天。你要知道，院子里积水成涝，在乡下要是涨起水来，根本没有这些蛤蟆青蛙聒噪的份儿，啥都被冲没了。我还记得我妈跑来跑去，把各种家禽赶到自个儿能避水的地方去，其实它们逃得比人还快。"

"那你妈，教会你怎么观察气候变化没有？"

"别老惦记我，包括那几件烦心事儿。倒是说说你自己，白计划了那么久，还收拾了一天行李。"

张恬把烟头按进烟灰缸，拍了拍膝盖和裤腿上的灰，踱步到窗前，头也不抬地说："瞧瞧这一大坨乌云，天知道它有多沉，聚集了多少水分。至于什么去 N 市旅游的计划，可以说我等于白请了假，现在只能当笑话看了。"

"要不，我们再去活动室找找吧。"江楠之说。

活动室离院子只有几分钟的路程，张恬印象中是它差不多已经废弃了：破屋里堆放着若干缺胳膊少腿的桌椅，铁架上倾颓着漏气的沙包，跑步机、弹簧拉力器都已锈蚀……这些无用的杂物占据了房中的大部分空间，时不时会有野猫野狗溜进去暂栖。虽说卡鳅不是一只野猫，可它平时就喜欢凑到别人家猫猫狗狗的身上嗅来嗅去，偶尔也会溜去活动室体验一番流浪猫的生活。

"我可不想从湖上游过去，"张恬说，"要是愿意，我可以把雨靴借你穿。"

"我们说的可是卡鳅！张恬，卡鳅，"江楠之扬起稀疏的眉毛说，"我的宝贝儿子！好吧，我承认它是我的儿子，要是因为没有尽力寻找，导致真的把它丢了，你难道没有一点内疚吗？好歹小时候你还抱过它。"

酒红色雨靴上还粘着几小块干泥巴，张恬一只脚不情愿地踏进浑黄的积水，清楚觉察到水线在脚肚处浮动，一股吸力抑制住他抬脚的高度。浸泡在水中的花草植物悠悠晃晃、有气无力，在风雨击打下无奈地扭动着身子。江楠之套了件轻薄雨衣，呼哧呼哧地喘着气跟在张恬后面——他喘气不是因为累，而是满天水花在他头上走路，在他脸上跳舞，他的"进口德国树脂眼镜"不像车窗那样有雨刷器，很快就派不上用场了。

一路上几乎没碰上行人，超市歇业，便利店关门，只有院门内的小卖部还开着。前两年经营小卖部的是个瘦子，最近换了位头发染成橙色的老头，每天准时上班，喜欢派支廉价香烟给顾客，不过他并不怎么说话。

活动室的门仍然大敞着，远远望去就像一张嘴巴。江楠之抬腿划拉开入口处的杂物，打开手机电筒，黑黢黢的室内勉强能看见些轮廓：所谓活动室是两个连通的、总共有六七十平方米的大房间，屋顶的灯具大都被拆走，地板上堆满杂乱的废旧什物，简直让闯入者无从下脚。歪七扭八的桌椅和健身器材分割了不算大的空间，加上光线灰暗，房间里给人一种迷宫的错觉。奇怪的是有一幅未完成的油画连同画架杵在这里，画面灰扑扑脏兮兮，看得出构图造型偏抽象，如果是一幅人物画的话，那比例差不多变形到失调了。

借助手机电筒的照明，江楠之吃力地四下转悠，蹲下身在杂物的缝隙里搜寻"儿子"的踪迹。假设前面的路段是在水面上行驶，现在他们则潜到了水底下。因为很久没有人光顾，稍一触动器物，空中就腾起纷纷扬扬的灰尘。江楠之嘟嘟囔囔地抱怨自己，为什么没想到戴只口罩。

"等找到这个净给老子添麻烦的家伙，看我不狠狠揍它一顿！"江楠之涨红着脸骂道。

正在这时候，一张桌子的瘸腿下窜出个黑影，是只长着一只白耳朵、一只黄耳朵，眼瞳亮晶晶的猫。它躲在一处墙角，回头瞥向江楠之，做出随时逃跑的姿势。在江楠之的手电光追踪下，它开始在空隙位置钻来钻去。此时的江楠之变身灯光师，一边嚷嚷着"别动"，一边举灯追随猫的脚步。张恬扇了扇眼前的尘埃，燃起烟任由他和它在一起玩猫抓老鼠游戏。花猫在活动室里跑了一阵子，忽然跳上那张摇摇欲坠的木桌，从门口冲出去，顺便踢翻了一张铁托盘。托盘掉在地上，发出抗议的哐当声。张恬自脚畔捡起盘子，里面的东西大多泼撒了，全是些黄绿间杂、有小指甲大小的种子。

"这儿就一只猫,"张恬说,一只手搭在江楠之的肩头,"没别的了。或许卡鳅来过这里,但刚刚那位目击者又没法告诉你,是不是?"

"我知道这是什么,"江楠之答非所问,膝盖着地捡起几粒种子,"这是南瓜子,你看,这几颗还有湿气,闻着挺新鲜的。"

"不知道打哪儿来的,扔了吧,掉地上的都脏了。"

"脏不脏有啥关系,又不影响做种子。"江楠之说,"原本就应当将它们下到地里,和泥巴们亲密接触的。大自然!不是吗?"

"不知道是谁放这儿的,"张恬说着将托盘放回桌子上,仿佛没听见江楠之的话,"难道是谁故意放这儿晾干的?可惜这下有好多掉地上了。"

"没有关系,南瓜子,既可以吃又可以种,"江楠之又把托盘拿起来,"吃的话,它外面还有一层保护壳,种的话,它也应该比其他种子简单不少。"

"比其他种子简单不少?听起来好像是个种植专家呀,"张恬说,"不会是因为你在自家天台上种蔬菜,给了你这么多经验吧。"

江楠之两手一拍,空气里的灰尘四散进开:"嘿,我记起来了。上次我妈来玩儿的时候,给我带的乡下菜里就有南瓜,我还把它切碎放卡鳅的猫食里来着。它看起来可喜欢吃了。真的,猫是爱吃南瓜的。"

"噢,不过它们不一定喜欢吃南瓜子。"

"你不会忘了我说过老家在×市郊区吧,我妈是个地道的务农人士——尽管她主要靠养家禽,而不是种田,零售只是她的副业吧。"江楠之脸上有那么点得意,"别看我只种过几种一般的蔬菜,张恬,不像你这种城里人,基本的动手能力我还是有的。"

"好了好了,我知道你动手能力不错,"张恬懒洋洋举了举手,"今年能吃上免费的丝瓜黄瓜,确实多亏了你江楠之先生,在下感激不尽。"

江楠之弓着身蹲在地上，把南瓜子一粒粒捡回盘子里。

"现在看来，我所谓的N市的旅游计划有多幼稚，"张恬继续说，"游览某景点，爬座高山、泡泡温泉之类的。这计划泡汤，我觉得也没啥可惜的。说真的，哪天我跟你去×市乡下，向你妈妈学学种菜的常识，然后我来种院子里的空地，你继续经营楼顶天台。那样自己肯定吃不完，就送到农贸市场去销售吧。"

"这不是重点，张恬。你那个泡汤了的N市旅游计划，"江楠之总算捡完了地上的种子，站起身来说，"就算你跟我去乡下，我妈教你一些种菜方面的基础知识，可是你还是那个不变的懒洋洋的家伙。你应该清楚，咱俩对种菜的态度完全不同，我做这个是出于兴趣，说得装×一点，这是我'梦想'的一部分，常常都梦到在给我的黄瓜施肥。而你呢，是因为感到无聊，才作出的这个决定。'无聊的人才会感到无聊'，千万别为了一个无聊的理由，贸然决定去学这样那样。"

"好吧，"张恬说，"我承认就这方面来讲，无论是行为还是动机上，你都比我更给力、更明确。"

江楠之晃荡晃荡盘子，南瓜子们发出细小稀疏的碰撞声："这些可怜的种子，它们代表的是活力、是生命！浪费在死气沉沉的活动室里简直是罪过，我要把它们带回家去。"

恢复了几件废旧家什原来的位置，江楠之小心翼翼地把装种子的铁盘裹进雨衣，左手环抱，右手捉住张恬的衣摆（眼镜还是不灵光）。回到院子里，经过被雨冲刷得面目全非的告示板，在俩人踮着脚尖，试图避免踩扁满地青蛙的时候，张恬才想起自己的烟抽光了，于是又折返小卖部（无奈的江楠之只好跟在他后头）。小卖部的橙发老头儿正坐在门口抽烟，他穿了件门襟敞开着的小背心，花白色的胸毛袒露在外，好像并不觉得冷。小卖部里头的采光跟活动室相差无几，老头儿点了两根蜡烛杆在柜台的台面,张恬的视力一向很好,但货架上货物的商标和价签也只能看个大概,高度近视的江楠之就不用说了。

"我平常买的那种十二块一包、低焦油含量的香烟,是在哪个位置来着?"张恬探头探脑地问,"老板,你能帮我找下吗?"

"今天这一大片地方都停电了,可不是只有俺们小卖部,"老头儿的声音竟然很年轻,充满了磁性,"您要找的烟,就在左手边的玻璃柜里,先生,不在里面货架上。"老头儿照例派给他一支烟,张恬叼在嘴上,拿出打火机点燃,小火苗一时间照亮了旁边湿漉漉的江楠之。

老头儿皱起眉毛,向江楠之点了点头:"哦……我认得,您是在院子里遛猫的那个人。"他一副似笑非笑的表情,"这种事儿,我平生还是第一次见到,猫才不喜欢被人遛哩。"

戳到了自己伤心事,江楠之撇着嘴不想搭话。

"您的猫没有丢掉吧?"

"什么意思?"江楠之警惕地瞪大眼问。

"我不知道有没有看到您的猫,先生,但是我的确看到很多猫跑了。"老头儿一口跟他的橙发背心形象严重不符的语气,"大约是下暴雨的前两天,上周六来着?大猫小猫、家猫野猫们都在院子里乱窜,相互喵喵叫。你懂的,类似于地震前的动物反常行为啥的,好像是预感到了某种危险或威慑力。那些狗倒没有这么敏感,基本上跟平时差不多。"

"你有见过一只英国短毛猫吗?"江楠之问,"就是我每天在院子里遛的那只,蓝灰色,胖胖的,脖子上有银色套圈。我家的卡鳅挺胖的,毛色蓝灰蓝灰,比一般的猫好认多了。"

老头儿立马摇动橙色头发:"我哪能记得这么仔细,您请见谅。而且就算我眼睛好使看见了,我也区分不出来这些喵喵叫的东西有啥区别。"

"它们不是简单地喵喵叫,不同的叫声各有含义,"江楠之显然瞧不上老头含糊的说法,"我家卡鳅和一般野猫不同,非常通人性。它会自己上厕所,自己找回家的路,认识自己的主人是谁……当然就是我。"

老头儿点点头:"好吧,我尊重您的意思。但是依老头子的意见,猫跟狗相比不太一样,属于不怎么靠谱的家伙。哦,你们是老住户,认识这儿原来的老板吧,就是'瘦猴'。这个小卖部是他的生活来源,可他从没想好好待着做这个营生。"

张恬正想问"瘦猴"是进局子了还是跑路了什么的,江楠之先截了话题:"我还是相信,卡鳅很快就会回家的。老爷子,不要净说些泄气的话嘛。"老头不回应,嘴边的胡子抖动了几下。

"就算卡鳅一时没回来,你不也得照顾好这些新家伙吗?"张恬对他说,"它们是'活力'啊,'生命'的代表啊。"

"那是自然,对于种菜的事,我可一点儿也不含糊。"江楠之说,脸庞在蜡烛跳动的光影中忽明忽暗,"我的荷兰豆马上采摘了,旁边再腾出一片空地,我准备把它们全都种到地里。想想看,一地的南瓜……或许还可以种几棵在花盆里,我是说,花盆可以放在窗台上,用于观赏。等到南瓜苗长起来,结果实以后,就跟院子里的葡萄一样,既能看又能吃。"

"嘿,"他搓搓手,仿佛是在自言自语,"相当不错的事儿。"

"可现在不是种南瓜的季节吧?"张恬说,"你那个露天的屋顶,只有几片破雨布,又没有大棚什么的,到深秋瓜苗被冻死了怎么办?"

"谁说季节不对,没有温室就不能种南瓜了?"江楠之眨巴着眼睛说,"你这样的外行,看着就好了。小到芝麻,大到南瓜,只要想吃的,我江楠之都能给你种出来!"

"别牛皮哄哄的样子,我倒要看你能不能种出来。"张恬嘟囔道。

"到时候你也得来帮忙,不然种出来了也没的吃。"

江楠之话音刚落，天空一瞬间明亮起来，小卖部货架上的货物突然清晰可见。一阵响亮又低沉的轰鸣声滚过天空，张恬似乎看见乌云被风托着，不断地变换形状，还有更多的光色在其中流转。

"你们回家吧，到处都没电。"老头儿看向江楠之，"到处都停电了，说不定您的猫没地方待，自己就回家了。"

"不急，先去你那里坐坐，"江楠之对张恬说，"我还不信它真的不晓得回来，这种事情不能太着急。"

离开小卖部，尽管只是中午，天光已相当灰暗，有日暮的感觉。空中弥漫着铁锈色的雾霾，浑黄泛绿的水中，大大小小的青蛙正蹬腿畅游，还有不少蹲在角角落落，长一声短一声地啼叫，没有半点厌烦的意味。所有的住宅楼都看不到一点光亮，窗口黑咕隆咚，张恬纳闷小区不是有应急供电设施吗，在这个讨厌的雨天至少应该把灯点亮吧。

屋子里弥漫着一股淡淡的潮气，除了窗帘被风吹得有点乱，一切都是老样子。江楠之去卫生间抹了把脸，顺便把铁盘和南瓜子洗得干干净净。他回到客厅，搁好瓜子盘子，如释重负般一屁股坐到沙发上，摘下自己的眼镜摆弄起来。张恬一只手揣兜里，另一只手掐着香烟，他知道江楠之有话要说，于是等对方先开口。

江楠之说："等最近雨停了，我就把南瓜子播下去。我要让你看到，怎么在秋冬季节让南瓜结出果实。"

"没问题，我期待得很。"张恬说。

"不过地块有点大，播种的时候，你需要来帮一把。"江楠之说着，打了个哈欠，视网膜上隐现有血丝。

"知道了，你还要重复多少遍？"张恬说，"而且根据你的理论，即使我们两人合作，长出来的也是不同的南瓜。要是你撒的种子，果实肯定是有活力、有梦想的傻大个；要是我播的种，很可能就是几个无聊又膨胀的老南瓜。"

"说一千道一万，这些都只是逗口舌之利，"江楠之说，"无意义的小聪明。张恬，我们要抓紧在霜降前播种，这两天见鬼的暴雨一定会停下来。"

"必须得等它们停下来。否则你永远也没法播种。"他补充了一句。

《雨花》2018 年第 7 期

镜　子

在闪闪发光。电脑荧屏在昏暗的房间里闪闪发光。小 A 移开搭住额头的右手，擦了一把脸颊的汗水，长长嘘出一口气。

瞳孔反射着屏幕的微光，小 A 眼帘半垂，凝视着显示器。

他体会到熟悉的快意，因为又一次获胜，而且这是特别困难、来之不易的胜利。长时间的紧张让他的脑子有点迟钝了，眯缝的眼张开了一下：目力所及处一片黑色，被子像一堆稻草蜷缩在床的边缘。快感很快消逝无迹，他依旧慵懒地坐在桌前，要提起全身力气才能顺畅地呼吸。

屏幕色彩突然有了明显变化，光影色交错呈现在小 A 脸上，没有表情的脸仿佛一下子生动起来，虽然明知这是错觉。

这个月份一转眼就要过去了，短促得奇怪，和没有没什么区别。

小 A 开始疑心方才的胜利，说不定是疲惫状态下的幻象？怀疑生出，凝固的眼珠反而转动了，视线立刻离开屏幕，去寻找着别的落点，黑暗如同一片令人眩晕的沼泽地。其实在很长一段时间里，胜利的快感已离他远去，无论有多少次，也无论是艰辛无比还是势如破竹，他的双脚都像踩在软塌塌的棉花上。不过他仍旧沉稳地坐着，尽管他确实是这么想的，也尝试过停止对麻木的胜利的追索。他想寻找一种新的感觉。

那么做什么？不能说完全找不到别的快乐和体验，而是无论什么快乐都溜得太快，他的兴趣来得容易去得也容易。如果一只风筝飞得太快太高，它就会溜进云层，甚至崩断那根牵线，消失得无影无踪——小A觉得自己就是那个呆呆地站在地面的玩家，大张着空空如也的嘴，手上还提拎着一根断线，挠着乱七八糟的头发。

实际上他的视线又返回到晶亮的屏幕上。近来他经常性地呼吸不畅，每隔几分钟又需来一次深呼吸，耳道里也有蜂鸣音：或许是耳机戴得太久的缘故。下意识地吸进一口气，隐约可以听到一股来自鼻腔内的嘘嘘声，不戴耳机才能听见。他的心脏不太好，年前的体检证实了这点，尽管对那些专业的医学术语不懂，但呼吸不畅的原因被归结到此，体检效验单也就完成了它的任务。当然了，这样想对身体健康没有一点帮助，小A认为，对自己一点帮助也没有。

行了，他的心情又好了许多，似乎有新的、让心情再次跃动起来的对象。鼠标发出吱吱扭扭的声音，不止一次，小A觉得这只老鼠太可怜，它不应该生尾巴，就是这根尾巴束缚了它，它被尾巴奴役、绑架，每天都在啪嗒啪嗒地抱怨，或者不抱怨。小A还可以随着音乐的节拍抖动下腿，而它呢？只能不满地咂咂嘴。老鼠不会说话。

在这么想的过程中，老鼠抱怨个不停，它不停地咂着嘴。

房间里有点闷热，隔着窗帘的阳光一定很强烈，因为这是八月份嘛。玻璃总是发烫，还好有窗帘做一下缓冲，它整天就那样悬在那里，叫人一点没有撩起它的欲望。想象室外的灼热，小A停止了抖脚的动作，头皮生出极不舒服的反应，烦躁将音乐带来的愉悦一扫而光。他摸了把乱糟糟、油腻腻的头发，好像有几天没洗了，不过这个跟他自己无关，于是又否定了洗头的念想，毕竟还有更紧迫更重要的事情要做。什么事情更重要？战争之外的胜利？现实之外的真实？或者更多来自电脑程序的模拟？他无疑能够获得这些，他有这样的精力和实力，更重要的是兴趣。昨天下午，他在客厅心烦意乱地绕着茶几转圈，还站在阳台上打量了一会儿——阳光很真实，气温很燎人，无论在这里还是那里。树叶懒洋洋地飘动在风里，时不时一道绿光嗖地滑过。无所事事，街道扬起一阵灰尘，人们在楼下走动。小A心脏的分量骤然变重了，仿佛在沉甸甸地塌陷，身体突然感到难受，呼吸道携带着痒和痛。他不满意。不满意灰尘，不满意大街上走动的人群。他从阳台倒退回客厅，然后倒退回自己的房间，退回到电脑屏幕前。

音乐可以调节小A的心情，但不是随时管用，不过很多时候还是管用的。只有这样，他的心情才会好一点。

小A盯着播放软件上"Hello again"的曲名，不知道应该如何翻译，是"再次说你好"？或者是"再见，你好"？可为什么要这么翻译？这首旋律舒缓的曲子，听上去心情并不那么舒缓。小A闭上眼睛，嘴角微微翘着，不知道是不是在享受，一首只有他独自在听的钢琴曲。没有了习惯性的抖动，只剩下均匀的呼吸；气温也有变化，呼吸调匀后，身体的温度都会降下来，不再有燥热烦乱的不安。

半睡半醒状态下过了个把小时，小A轻轻睁开眼，"Hello again"还在一遍又一遍不知厌倦地播放。这个设置叫循环播放，只有电脑程序、电子产品才能这样无休止地重复——人不可能这样丝毫不变地反复演奏同一个东西，并且不带一点情绪。同理，一首曲子可以在空气里无限地传播，人却不能一直不停地听同一段音乐。小A的神色呆愣愣的，他可能不在音乐里，他更可能是试图不让自己待在同一种情绪里。液晶显示器的光线瑟缩着，单调地投射在他的面部。

事实是，要调整成一种好的情绪并不难，难在不能持续太久，而且越是想要保持住这种状态，就越难做到。小A就是如此。一旦他期望或努力去停留在某种境况里，往往就越不舒畅，并且会离那种感觉越来越远。譬如站在阳台上，看裙楼顶上的花草树木，阳光闪闪烁烁，仿佛一切都很安详。然而很快，灰蒙蒙的尘埃开始在寂静里推进，栏杆老旧，油漆黯淡，视线模糊起来，鼻腔里干干地发痒。随着一声长而尖厉的喇叭声刺破稀薄的空气，早先的感觉也就荡然无存。

　　问题在于，他到底有什么可犹豫的呢？其实无须犹豫，需要的是重新、继续寻找他的胜利，寻找一种使自己能获得足够快感去实施的行为。可是，那不是属于他的胜利……那不是属于我的，那不是属于我的……小A深深吸入一口气，以致呼出它用了长得不可思议的时间，长到他的默念都停止了，那口气才最终收尾。小A心中的波澜再次一掀，一种澎湃的、类似非洲鼓的节奏在耳道中腾起，他忽然觉得太阳就像一面鼓，圆团团的鼓面，比静默更深远、更广大、更长久。

　　曾经有一次，某人半夜在楼道里弹了一段吉他，金属味的噪声把熟睡的小A惊起。他竖起耳朵专心致志地听，一直到最后一丝丝尾音。也许这就是他，是否反常不知道，反正有点傻里傻气——他不知道人类忙忙碌碌的修建、制造、交易、计算、颠颠倒倒，进进出出有什么意义，但他知道这是约定俗成的规则、行为方式甚至生存的意义。或许意义就是在无意义中形成的。

　　小A耷拉着眼皮，每分钟不少于五个哈欠，慢性鼻炎变本加厉地折磨着他，让他无精打采，狼狈不堪。所幸的是，他又一次选择战斗了——尽管这战斗只需要拧紧神经的弦，动动指头，让鼠标乏味地嘀嗒嘀嗒。不过他几乎没有感到一丝满意，连本能的亢奋也断断续续，唯有桌子上、椅子周围，积满了浸透鼻涕的餐巾纸，看上去不像是炎热的夏季，反而是生活在严冬。

　　有时候小A会想一想弹吉他的事。这个玩儿起来还是比较有意思的，虽然吉他软件的演奏听起来一点都不带劲儿。那么显然只有真实/现实的……想来想去，吉他的模样倒是逐渐有些明白了，但相对的空虚感也生长出来。"那不是我的"，成了他的心头禅，不知道啥时候就会突然冒出头，在冷不防的情况下吓自己一跳。

手指在键盘上跳来跳去，多少有点像弹钢琴。他打字的速度不错，不过因为用的是全拼，差不多有三分之二的动作是多余的。还有，他本来没有学过任何一种乐器，但却有点想当然，觉得自己是会弹钢琴的，或者说适合去学弹钢琴，因为他天生一双修长的、弹钢琴的手。电脑键盘普普通通，黑色键钮，白色的字母、阿拉伯数字和符号，有一个键残缺，向右稍稍倾斜，边缘锯齿状危险地裸露着。一个不常用的键。要不是它坏掉了，小A也许永远都不会注意到那几个字母的排列顺序。它们那么小，在一个长方块上密密麻麻地列队，仿佛正遭受着什么不公平的待遇。

他渐渐进入了状态，眼皮用力眨了眨，动作的手指先顿住一瞬，接着用力地敲向键盘，十根手指发出噼里啪啦的声响。那气派像是某大师刚弹完一首曲子，而且是一个脾气暴躁的大师，至少在表面上很暴躁。右手的中指和食指在鼠标上拂动，多少有一点脱力的担忧，但他仍想重新找回胜利的愉悦。这种胜利带来的持续的愉悦已经持续了多长时间啊，从过往的以少胜多，到现在的独行英雄，他无法不觉得自己是一个强者。不同的是，如今的他在战斗中尽管依旧强大，可以不加思考地格杀对手，可这样甚至无须思索的胜利使他厌倦了。几年来，第一次持续了数周的厌倦。

他离开有着不同面孔表情、冒着腾腾热气的人群，只留下个人认可的、在虚拟空间也能获得的那些对象——树草，山海，风，日月（真的太阳更烦人），音乐（哪里都一样）。日复一日面对屏幕，直接后果是在大街上行走的他失去了方向——听着风吹树叶的沙沙和嗡嗡营营的人声，他感受到更真实的虚幻与……空茫。倒是在这方寸之地，指尖下老鼠发出吱吱呀呀呻吟的地方，没准存在更多能够被认同的现实感。

天阴晦下来，空气闷热依然。头顶的天花板仿佛给洞穿了，大片压低了高度的乌云，无数双围观的眼睛隐匿在后面。小A觉得自己周围全是云翳，凉飕飕的，隐约能听到压缩机和玻璃的共振。他觉得这是一团带动力的云，像一艘巨型飞艇，发光的电脑屏就是云团的操作中心……那只耗子无意识地握在右手里，主机的轰鸣声凸显出来，他不得不调大耳机音量以掩盖住这声音。此时此刻，音乐乏味，色调单一，屏幕光线朦胧，就像个痴呆病人，口中不停地念念叨叨。

视野里黑漆漆的，屏幕上弹出小A惯用的英雄脸谱，一抹幽蓝的色带慢慢横移过窗口下方。虽说兴味索然，他还是点击了"进入"，老鼠钝脆地叫着，虚拟房间里有九个玩家在等待，就差他一个人。

继续点击"进入房间"，游戏开始。

他习惯闭住气，隔很长一段，才小小地吸进一口。又过了不知多久，胸部明显感到不舒服了，才徐徐把气吐出来。没有血脉偾张，没有如痴如狂，他神色冷漠，不动声色，坐姿懈怠地乜着屏幕，全不理会队友一方的询问。从投入战斗到现在，小A基本上就是听从本能，条件反射似的应对：移动光标，手腕小幅度起落，像蛇一样扭摆、弹动。有一刻，他甚至腾出手捏起指关节，噼啪，噼啪，然后睁大左眼，一度离开眼前的屏幕，向天花板胡乱扫瞄。小A捋了捋一头长发，觉得自己有点像一位教授——莫名的，他想象中的教授就是将长发往后梳，是否有胡须倒不重要。当然了，游戏中的骑士，他的英雄，留的是白色的胡须，即便看上去更像一簇倒放的冰激凌。

"我要让你尝尝我的厉害！"骑士夸张地叫着他的口头禅，挥舞着宝剑。

　　小A很早就认为，那骑士是在夸耀自个儿的胡子味道好极了，外观那么洁白、那么光滑，那还能称作胡须吗？现实中从未见谁蓄过那么多的胡须，所以要么是假须（包括假发），要么他根本不是人。其实他本来就不是人——这一点倒是小A忽然有的觉悟。

　　骑士总戴着黑灰色头盔，露出冰蓝的眼眸、白得耀眼的胡须，看不见他脸的其余部分（他从未摘下过头盔）。

　　"我要让你尝尝我的厉害！"骑士发出不依不饶的怒叫，策马向敌方冲去。

　　小A半眯着眼，再次斩杀一个强敌。他又一次杀了许多人，毋庸置疑地在十个玩家里排名第一。可第六感提醒他，己方已经开始走下坡路，战局正在发生逆转。照这样下去他们肯定会输，最多再过十分钟，他们就会一败涂地。小A无奈地敲击着鼠标，看英雄骑士们在地图上意图不明地跑来跑去，像丢了魂儿似的瞎转。他不再攻击，也不回应队友的抱怨乃至谩骂。地图上的树和草细瞧完全是扁平的，就像用纸片剪成，根本没什么三维效果，只是粗看有点草的模样。正应了小A自言自语："这他妈是啥玩意儿，这也叫草吗？"

　　以前他也骂过，那是因为牛脑袋拉成了狭长的一条，变成蛇脑袋了。不过当时他是跟人开玩笑，这次可是真的拧起眉，牙齿咬着下嘴唇：一个困惑加愤懑的表情，加上一直有的呼吸不畅。

　　是肺炎吗？小A并非不懂得肺炎是咋回事。但他确实想过要不要吃某种药剂。他在电视上留意过一则广告，他嗓子的病症似乎跟广告的描述挺吻合。接下来他不再理会游戏，把挽救败局的责任留给了几个傻乎乎的队友，因为当下的局面就是他们造成的——四个嘟嘟囔囔、满屏幕瞎跑而且抱怨不断的菜鸟，让他们自寻烦恼去吧。手腕一动，他退出了游戏程序，两分钟后屏幕上蓝光乍现。小 A 现在双眼微眯，一条腿跷在桌子上，没有音乐，只有机箱传出嗡嗡的噪声，时不时还有玻璃窗当啷发一声响。

主机很老了。只有显示器是新的。关闭的显示器屏幕像一面灰色的镜子，可以看见小 A 面孔和脖子的一部分。关闭显示器的情景是想象的，因为他从来不关显示器，他害怕房间里漆黑一片。而他最不喜欢开日光灯，被日光灯照射的感觉太难受了，让人感觉像是待在监狱里。

小 A 仰靠住椅子背，一只手轻轻抚在温热的键盘上，似乎要防止它突然弹起来。

键盘还很新，虽然坏了一个键，但防水又防摔。按键的残缺出厂前就有了，小 A 没去换，因为键盘是送的。太老的主机啊，已经用了四年多，歪歪倒倒，吭哧吭哧，就像一个秃头、掉牙的老头儿，按照通常的速率早该改朝换代了。

浑浊的空气，尘埃浮动，人稍一转动，它们就会被黏糊糊地搅动起来。

咔嚓。他关掉显示器，站起身来，脚下有点站立不稳。右腿支撑着向后一转，他想去外面缓口气。于是房间里亮起了灯。

《西部》2012 年第 10 期

朱神是个什么样儿?

"嘿,儿子,你看见朱神了吗?"父亲在地铁上问。

"我知道我们的座位是绿色的。"儿子说。

"乌迪在干什么?"儿子问。

"嘿,儿子,你看见朱神了吗?"

"没有。"

"嗯?但是我看到了,你瞧。"父亲指着一个胖子说。

"你说妈妈会在车站等我们吗?"

"我不知道。"

"以前她是会等我们的,是不?"

"别说些无聊的话,就快到中午啦。"父亲闭着眼睛说。

过了一会儿,父亲就开始打鼾了,车上的人都闭着眼睛,不知道究竟谁睡着了。儿子想把父亲摇醒,可他不敢,他知道父亲会发脾气的。于是儿子就到列车周围转转:他看见一路上都在下雪(也不全是白色的,偶尔出现一种不同的颜色),但是车窗是封闭的,里面还有暖气。他的外套都脱给父亲保管了。

现在车上的人大概都在睡午觉,儿子没事可干,他想跟谁说话,只要不是跟自己。他走到父亲面前，伸出双手，十秒钟之后，儿子又把手缩了回去。儿子好像看到旁边的一个人在盯着他，儿子坐到了父亲旁边，开始看窗外的雪花，他们还在城市里开。

一点钟的时候，列车上卖午餐的才来。他的吆喝声把全车人都弄醒了，很多人用不好的眼光打量着他。父亲是醒得很晚的几个人之一，多亏儿子的摇喊才把他弄醒。

"什么，到乡下了？"父亲说道，好像他从来也没睡着一样。

"卖午餐的来了。"儿子说。

"有什么吃的？"

"没看清楚，你要吃什么？"

"我才不吃呢，要么你自个儿吃去。"父亲说着又闭上了眼睛。

"钱！"儿子又把他摇晃了一下。

"你身上难道一分钱也没有吗？"父亲从皮包里掏出一张二十元。

儿子不等父亲说完，就去买了一份面条，父亲闭着眼睛却闻到了香味。过了一会儿，他皱起了眉头。

"面要多少钱？"

"五块钱。"

"把剩的钱给我。"

然后他也去买了一份面。

"现在是几点了？"父亲吃完面条问。

"噢，现在是两点多，还早呢。"

"儿子，你认为朱神是个什么样儿？"

"就是那么个样儿。"

"形容一下。"父亲说，他看着那个胖子。

"是哪个猪？"儿子欠了欠身说。

"朱红色的朱,你没有领悟到。"父亲不耐烦地说。

"别说些无聊的话,就快到下午啦。"儿子吐着舌头说。

"现在已经是下午了,儿子。"

"是啊,"儿子打了个哈欠,"我们去看望妈妈,在她那里住一天。"

"不,我们住宾馆,儿子。"父亲严厉地说。

"宾馆?宾馆?"儿子重复道,"难道我们不能在妈妈那里住一天吗?"

"儿子,你认为朱神是个什么样儿?"

"我到妈妈那儿住,我不住宾馆。"

"儿子,你认为朱神是个什么样儿?"

"爸爸,我想到妈妈那儿住。"

"儿子,你认为朱神是个什么样儿?"

"我想到妈妈那儿住!"

"我没说过你不能到……你叫她阿姨!到了那里,我可管不了你啦。"父亲破天荒没有问下去。他知道儿子不会回答他的问题,"你要跟你阿姨住一天,就让她把你送回来,我可不想来接你。"

"我知道。"

"儿子,你认为朱神是个什么样儿?"

"就像你一样,不要老是问我好不好?"

"就像我一样?难道我身上有红色吗?"

"朱神没有红色,这只是他的一个名儿,"儿子说,"他就跟你一个样儿。"

"当然啦,要知道,朱神是我的表亲,跟我可像了。"

"但他不跟你姓,爸。"

"谁说过他一定要跟我姓的?"

儿子停下来没说话,他用眼睛把父亲盯了一会儿,也不说话,眼睛也不眨一下。直到父亲再次开口，儿子才把眼睛望向了别处，现在他对说话的欲望一点也没啦。这时两个收盘子和碗筷的来了，儿子在把碗扔进桶里的时候，看见一个人把盘子藏起来，只把碗交了出来。

"我们每年要为碗和盘子损失好几千块呢。"儿子听见一个收盘子的跟另一个说。他一时间还想告诉他们来着，但是他把自己的嘴管好了。他总是看见小偷和扒手，儿子认为自己也许会成为一个训练有素的侦察员，不过暂时是不会发生战争的。

"儿子，朱神他是神哪，应该有神通是不？"

"你跟月老是表亲不？"儿子突然问。

"去你的，朱神他是神哪，应该有神通是不？"

"是啊。"

"你猜猜朱神有什么神通呢？"父亲躺在椅子上，闭着眼睛。

"没啥神通，他是你表亲，没啥神通。"

"我表亲他妈的凭啥就没神通，我就有神通。"

"是啊，你有神通。"

"我把你从石头缝里变出来的，是不？这是朱神教我的。"

"胡说，是妈妈把我从肚子里生出来的。"

"她骗你的，是我把你从石头缝里变出来的，儿子。"

"是啊。"

"你知道朱神有什么神通不？"

"嗯？我怎么会知道。"

"你猜猜朱神有什么神通呢？"父亲坐了起来，仍然闭着眼睛。

"能把自己变成一头猪吧。"

"对，你猜对了，嗯？还有吗？"

"爸。"儿子站了起来。

"啥？"

"我想到列车周围转转。"儿子站着没动。

"再猜一样，嗯？猜中了就去玩。"

"你今天真怪。"

"今天是八月一日啊，儿子。人人都会发疯的。"

"……"

"爸。"儿子的脚步挪了挪。

"你要去走走，是不？到列车周围转转？"

"是啊，我想周围转转，看看列车周围有些什么。"

"你不是去看过吗？"

"是啊，我就想再去看看，外面下雪呢。"儿子说。

"那你就去看看吧，"父亲说，"要知道，今天是个怪日子，我可不喜欢。"

"我看妈妈对我们挺好的，她大概已经在车站等着哪。"儿子说。

"你看吧，那个婆娘在家烤火来着，一定是这样。"

"……我到周围去转转。"儿子说着就离开了。

到周围转转的时候，儿子什么也没有看到，他似乎在想心事。列车在郊外匆匆地行驶着，没有一个人去想他们为什么坐在车上，只是等到目的地便下车，也许有人连下车后要做什么也不知道。儿子想心事的时候，又看见一个小偷悄悄地偷走了别人的皮包，而那个人好像知道，但是他什么也不说。既然失主不说，儿子也不说，无论如何他都不会说出来，就算有一堆警察站在旁边。实际上，现在就有两个警察打扮的人坐在旁边。有那么一会儿，儿子看到郊外有一只野狗在跑，他还当它是乌迪。儿子盯着那个小偷，小偷突然转过头向四周张望，儿子就把头侧了过去。

儿子侧过头，看见父亲走过来了。

"儿子，很无聊吗？"

"是啊。"

"我们到了下一站就回去吧，儿子。"父亲说。

"为什么？不是要去妈妈那里吗？"

"很无聊啊，儿子，我们到下一站就回去吧。"

"但是我们买了票，不是吗？我们买了票啊。"儿子说道。

"不错，我们是买了票，"父亲说，"但是我们已经坐过车了，是不？我们还吃到了车上的东西，是不？你也知道朱神了，告诉你，朱神虽然是神，但是他是个讨厌的东西，你知道吗？他是个讨厌的东西。"

"妈妈认识朱神吗？"儿子问。

"妈妈？朱神！"父亲似乎很恼怒，"他们不认识，不认识，他们俩都是讨厌的东西，特别讨厌，就像……"

"爸爸，我们到妈妈那里住一晚再回去，好吗？"

"不好，很不好，我们下一站就回去了，我不想见到你阿姨和朱神。"

"什么朱神？难道真的有朱神？"儿子以为那是编造的。

"呸，儿子，你喜欢游戏机是吗？"

"是啊。"

"你想要游戏机吗？儿子？"

"是啊。"

"走吧，到了下一站我就给你买，到下一站我们下车。"

"那……我们到妈妈那里住一晚再买。"儿子停了停。

"到他妈的那里住一晚，游戏机就没的卖了。"

"有的，到处都有游戏机卖，我们到妈妈那里住一晚再买！"

"那我就不买了，听到了吗？如果你要到你阿姨那里住一晚，我就不买了。"

儿子好像考虑了一会儿，他没有说话。过了很久，儿子终于说话了。

"我们到妈妈那里住一晚，我就不要游戏机了。"

"是最贵的那种，"父亲说，他的声音有点发颤，"是一千块的那种。"

"……算啦，我们到妈妈那里住一晚。"

"不管怎么说，游戏机无论什么时候都可以玩，妈妈那里每年只能去一次，你认为哪个更划算？"父亲也抬高了声音。

"你认为呢？"儿子冷冷地说。

……

快到下一站了，大多数人都准备下车了，但一部分人还在车上。

《山花》2006 年第 4 期

仰望天空

贝得很喜欢躺在草地上仰望天空,那会使他感到无比的轻松和愉快,有时他还会在草地上打几个滚。贝得的家在乡间的一座茅屋里,他爸爸和妈妈整天种田,他自己却无所事事,不是和其他的孩子一起疯玩,就是躺在草地上发呆,但是他从来没有感到过无聊。

又是晴朗的一天,贝得到草地上来看这蓝白色的天空,他穿了一件白色的布衣。他在草地上躺了一会儿,就觉得好像要睡着了,突然,有一个黑色的物体从天空掠过,速度是那么快,以至于贝得以为这是错觉。

"你是谁?"贝得问了一句,"是谁?"没有任何回答,天空还是天空,没有任何回答。

贝得眨了眨他那双明亮的小眼睛,坐起来向四周望了望,又躺到草地上,闭上了眼睛。这一次贝得相信不是自己的错觉了,他又一次看到一团浓重的影子飞快地掠过天空,他再次从草地上坐起来,睁大眼睛搜索着。

"到底是谁,"贝得大声吼道,"什么东西!"他叫闹了一会儿后,觉得可能是鸟,便没说什么了。但刚刚看到的那个从天空中掠过的黑影绝对不是鸟,他敢用自己的生命打赌。

"你觉得那是什么?"贝得把情况告诉了他的好朋友莫儿。

"唔,或许是一架飞得极快的飞机。"莫儿若有所思地说。

"不,不可能,飞机不可能在离地面只有几十米的高度飞行,而且那看起来多大呀!"贝得反驳道。

"那就一定是你的错觉。好了,时间不早了,我要回家吃饭了。"莫儿说着站了起来。

"哦……好吧,那一定是我的错觉……"但是贝得心里可不这么想,哪个人随便就能够产生错觉?

今天贝得约莫儿到草地上来玩,莫儿本来想去捉蝌蚪,但是他来了,他希望也能见见这奇怪的黑影。

"如果我们看清了黑影是什么,会不会像那些探险的人一样死去呀?"莫儿用一种轻松的语调问道。

"我们怎么会看到黑影的样子呢?"

"我又看见了!"贝得指着天空中飞快掠过的黑影,"有三个黑影!"

"哪里呀?我怎么看不到?"莫儿向贝得指的方向看过去。

"看不到?!"贝得心里一惊,难道他看到的是幻象?

"什么呀!"莫儿气鼓鼓地嚷道,"根本就没有东西,别骗我了。"

莫儿说他要去捉蝌蚪,起身就走了,连一声再见也没有说。贝得傻乎乎地躺在地上,他怀疑自己是不是有点神经质,他是不是应该看看医生。那是什么?黑色的流星吗?还是嗖嗖飞过的斗篷?死者的灵魂?

"对,死者的灵魂。"一个声音说道,但是贝得并没有在意,他已经拖着沉重的身子往回家的路上走了。

"你是说,你看见了幻象,像嗖嗖飞过的斗篷?"贝得的妈妈问他。

"嗯,我看见这个东西时,我指着它让莫儿看,但是他完全看不见。"贝得说。

"噢，好的，明天我正好要去赶集，我带你去看医生。"贝得的爸爸说。

贝得和爸爸来到了赶集的地方。他们买了一切的生活必需品，然后就准备去一家诊所看病。贝得在进诊所时朝天上望了一眼，又是那嗖嗖飞过的斗篷。

"像嗖嗖飞过的斗篷，黑色的，并不是每时每刻都看得见。像嗖嗖飞过的斗篷，这种间歇性幻想不常见，对不起，我无能为力。"这个长得像胡萝卜的医生说。

"谢谢你。"贝得的爸爸说着，准备到另一家诊所去看看。

"等等！你见鬼了！最好找个和尚或算命的看看。"医生突然叫道。

"你才见鬼去吧！"贝得的爸爸吼道，拉着贝得出了诊所。

贝得和他爸爸脚都走酸了，还是没有结果，每一位医生都无能为力。

"爸爸，我们是不是真该去找个算命的看看。"

"你给我闭嘴！你告诉我，你说的是不是骗人的，你只要敢骗我，我就打你。"

"我们先去找一个算命的人看一看吧！"

"回家！"

贝得的爸爸回家以后一点儿也不高兴，就因为贝得把水壶里的水不小心泼出来一点，就把他骂了一顿。贝得的妈妈劝他爸爸不要这么生气，也被骂了一顿。贝得感到十分委屈，他并没有做错什么呀。

贝得不想到草地来，但是不知道为什么，还是来了。他现在已经对这些奇怪的黑影不加理睬，他只是盯着它们。贝得向这些东西扔过石头，还有垃圾，但它们只是从黑影胸部（至少贝得认为是）穿过去而已。

"你要去找算命的，这周围怎么会有算命的？而且算命要钱，钱哪！"莫儿提醒贝得说。

"是啊，是的。"贝得垂头丧气地说。

"是有人要算命？"

贝得和莫儿同时向说话的地方看去——一个装扮古怪的人，是个男的，上半身没有穿衣服，下半身穿的是叶子做的裤子，他的眼睛黑而空洞，一直盯着贝得。贝得盯着那男人的眼睛，虽然他是在看自己，但贝得觉得他并不是在看自己，是在寻找什么东西。

"小朋友，你要算命吗？"

"是的，我想要算命。"贝得不假思索地说。

"我可以给你算命。"陌生人仍然用那种古怪的眼神盯着贝得，贝得一时好像睁不开眼。

"你叫什么名字？"

"你可以叫我'人'。"

"'人'，很怪的名字。"

"我可以给你算命，但是有个条件，你要回答我的问题。"

"'人'先生，我经常看到一些在天上嗖嗖飞过的黑影，有人说我见鬼了，我想问你，这黑影到底是怎么回事？"

"你刻意去看它们？"

"有时候是，但有时候是不经意看到的。"

"你看着我的眼睛。"

贝得不想去看他的眼睛，但他还是看了，他看了以后觉得很冷。

"你觉得很冷吗？"

"是的，先生。"

"你不该有一双眼睛。"

"什么？先生？"

"你不该有一双眼睛！""人"先生对他吼道。

"我当然该有眼睛,"贝得有点气愤地说,"每个人都应该有一双眼睛!"

"你的眼睛玷污了死者的灵魂。"

"我玷污了,死者的灵魂?我看它们一眼,就玷污了它们的灵魂?"

"死者的灵魂通过这里,这里的人不应该看到它们,否则灵魂就会被玷污。"

"难道说,我整天都必须闭着眼睛?"

"你去问天吧。"

"人"说着,站了起来,他说了一声"再见"。贝得不愿意回答他,但不知怎么,还是说了一句"再见",然后这个人就走了。他走得很慢,贝得过了一会儿才走,都赶上他了。

"或许是个疯子。"莫儿对贝得说道。

"我讨厌你整天唠叨这件事。"贝得爸爸不耐烦地说。

"我碰到了一个……可能是疯子吧,他说要给我算命,结果净说一些奇怪的话。"接着贝得就滔滔不绝地把刚才的对话大概讲了出来。

"还真是个疯子呀。"贝得的妈妈说。

"如果让你们见识一下就好了,不过很奇怪呀,那个人的眼睛我根本不敢看,简直亮得刺眼。"

"真的,我还真想见识一下。"贝得的妈妈说道。

"你们可不可以别闹了!我看你们才像疯子。"贝得爸爸气呼呼地说。

"爸爸以前不像这样子的呀。"贝得小声问妈妈。

"唔……那是在某件事以前。"

莫儿约贝得去捉蝌蚪,贝得也答应了。他很久都没有好好玩上一会儿了,今天他决定忘掉黑影的事,和莫儿高高兴兴地去捉蝌蚪。

"贝得,黑影的事怎么样了?"

"我们去捉蝌蚪吧,不要理这件事。"

贝得和莫儿很认真地捉起蝌蚪来,这使他们暂时忘记了黑影的事。虽然他们为了一只蝌蚪是谁捉到的争执起来,但是最后他们还是满载而归,贝得捉了十一只,莫儿捉了九只。

"谁叫贝得?"他们在回家时,有人在他们背后说。

"谁叫贝得又怎么样?"莫儿在贝得说话前抢先问道。

"我可以回答他心中的疑惑。"

"对不起,我们碰到的疯子已经够多了。"莫儿说。

"疯子,哈哈,"那人笑了起来,"我可不是疯子。"

"那么就是绑架犯。"

"不,我叫'天',我能够回答你的问题。""天"的眼睛里闪烁着光芒。

"好吧,为什么死者的灵魂从这里通过。"

"因为这里是灵魂的驿站,它接应无数的灵魂,灵魂。"

"你们为什么知道这些?"

"因为我们是算命者。"

"凭什么算命者就知道呢?"

"因为……我们知道。"

"灵魂从哪里来,到哪里去?"

"灵魂来自你们的精神,去寻找另一个有精神源的肉体,在另一个时空。"

"你们从哪里来,到哪里去。"

"我们来的地方,在……去的地方在……"他说的声音很小,贝得和莫儿都没有听清楚。

"对不起,我没听清楚。"

"我们来的地方，在……去的地方在……"他的声音仍旧那么小，贝得也没有再追问了。

"我的眼睛为什么能看见灵魂？"

"因为你不该有一双眼睛。"

"我们走吧，又是一个疯子。"莫儿小声对贝得说。

"你们还会碰到一个人，只是因为你们的问题还没有问完。""天"用一种很小但很清楚的声音说道。

"噢，除非他拿着砍刀强迫我们说话。"莫儿说。

"你们会的，这是规定，规定是不能够打破的。""天"在他们背后说，贝得又一次感到浑身发抖。

"什么规定！反正我们以后再也不会管它什么黑影了，是不是，贝得？"

"嗯。"

"你们会知道是怎么回事的。""天"说。

贝得和莫儿已经五天没有管黑影这件事了，虽说没有忘得一干二净，但是他们已经不再在意它了。贝得就算看见了黑影，也不做出任何反应。

"喂，我给你介绍一个朋友，他叫一伍。"莫儿对贝得说。

"你好，我叫贝得。"说着贝得和一伍握了握手。

"命运，你好。"一伍说。

"你是最近才到我们村子来的吧。"贝得问他。

"命运，是的。"

"他为什么每句话都要加一个命运？"

"我不知道，可能这是他的习惯，我每次问他，他都大发雷霆。"莫儿小声说。

"现在要到中午了，我们下午去山坡上玩吧。"

"命运，没问题，我们怎么玩呢？"

"到时候再说吧。"

他们三个玩得很高兴。玩捉迷藏和审判的游戏，鬼捉人游戏，一伍似乎特别喜欢玩审判和捉迷藏。

"你喜欢玩什么游戏？"贝得问。

"命运，审判，命运与我们捉迷藏。"

"你说什么，命运与我们捉迷藏？"

一伍的回答是一阵沉默。

"命运，你为什么总是喜欢这两个字？"贝得试探性地问。

令贝得想不到的是，一伍居然笑了："命运，你是想问我为什么总是要在说话时用到'命运'这个词吗？"

"唔。"

"命运，因为命运，命运在旋转，我忠实于命运，你每时每刻都在与命运对话。要相信，相信命运在旋转，命运的规定是打不破的。"

"命运的规定是打不破的，"贝得自言自语道，"'天'说过'你们会的，这是规定，规定是不能够打破的'，规定？规定？规定？"

"命运，如果你打破了命运的规定，规定就会重来，没有限制。"一伍继续说道，"命运从死者的灵魂上踏过，穿过时空，一个人为什么死，是命运规定的。就是你知道了死的规定，命运也不会改变，死还是死，你还是会在同一个时间死亡。"

"一伍，你在说什么呀？"莫儿问。

一伍好像根本没有听见，而是继续往下说："飞过的灵魂，庞大的命运在灵魂之上，有人能够看见命运，那命运就会嘲弄你，让你倾家荡产……"

"我想我们知道他是谁了,疯子集团的另一个成员。"贝得拉起莫儿就走。

"甚至是死亡……"

第二天,一伍一家神秘失踪,连房子都不见了,大人们说这是强盗,但是,强盗为什么把房子也搬走了,况且,强盗能搬走房子吗?

"我真是倒霉到家了,我怎么总遇到一些莫名其妙的人,他们还要给我讲什么命运,我从来不相信这些。"

"我看这些人来头不小。"莫儿说。

"为什么?"

"因为他们不是人,而是……而是其他的东西。"

"其他的东西,难道他们是人造人?"贝得讽刺地说。

"他们不是鬼就是神。你想想看,谁,哪个人,会来讲关于灵魂、命运的事?"

"疯子。"

"一群疯子扯一件事,还有他们的思维,是疯子的思维?"

"命运,死亡降临在谁头上?命运,命运降临死亡。"

"啊!一伍!"贝得和莫儿吓得跑得老远。

"'天'让命运给你们降临死亡,但是,为什么?灵魂的驿站应在沼泽和森林。"远处的一伍仍然在说,他望着两个跑得老远的孩子,没有说话了。

"我真的可以去上学了吗?"贝得不敢相信地问。

"是的,如果你愿意,家里有一笔钱供你上学。"贝得的爸爸说。

"好的,好的,我想我得考虑一下。"

贝得还是拿不定主意。虽然上学可以学到很多知识,还能够和许多小朋友玩，但是这意味着他不能再和莫儿玩了，也没有那么自由了。而且家里又没有多少钱，上学要花很多钱呢！

"什么！你爸爸妈妈问你去不去上学，那可不行！你根本不知道上学有多么痛苦！"莫儿嚷嚷道。

"上学确实很痛苦啊。"

"只要你上了学，就不能睡懒觉了，而且上学必须上到初中一直要上九年才行！如果还要上高中大学的话，最多的要学二十几年呢！不光是要上学，还有一大堆压得你心烦的家庭作业！"

"啊？！那……那我还是不去算了。"

"再说了，你在学校如果又碰到古怪的人怎么办？"

"对，说得也是啊，我还是不去上学的好。"

贝得的爸爸那天晚上变得很古怪，一定要贝得去上学，否则就不让他出门，不要他和任何人玩，甚至还扇了他一耳光。

"你不是说我想去才去吗？"贝得捂着脸委屈地说。

"你必须去，你这个败家子！你要遵从命运！命运规定上学！"贝得爸爸气呼呼地瞪着他说。

"你什么时候也信起命运来了？"

"从明天开始，你就去上学！"

"我讨厌谁来插手我眼睛的事，看见灵魂，又没有犯罪。"贝得对自己嘀咕道。

贝得上的是一所在城里的（贝得不知道为什么要去城里读，这比农家小学贵得多）学校，名叫"乐而累小学"，贝得很奇怪，为什么要取这种名字，在他看来，这是一个十分古怪的、变态的名字。

"好，大家，我，要向你们，介绍一个，新来的，农村的，同学，他叫，贝得。"班主任羊里拉说，说话时要不时停顿一下是他的特征。

"大家好，我叫贝得。"

"哦，老师，这还真是一个白痴呀，他以为我们有健忘症吗？刚过一秒钟就向我们重复一遍名字，他想累死自己吗？"一个人说道。

全班同学都大笑起来，贝得觉得很生气，而且没有面子。不过有一个人没有笑，他一直盯着贝得，贝得觉得脸上一阵灼热，就把目光移开了。

"你叫什么名字？"下课时贝得问他。

"唔……哦，我……我叫李蒙。"他很害羞地说道。

"李蒙，嗯，你好。"贝得差点儿又说出"我叫贝得"。

"嗯……啊，你……可不可以和……和我交个朋友。"

"好，好的，没问题。"这正是贝得这样想的。

"你……你是从农村转学来的吧。"李蒙说话稍微轻松点了。

"嗯，是的。"贝得不敢说自己没有上过学。

"啊……请问你在哪里住？"李蒙问。

"我？我在某某村。"

"啊，离我家很近呀！我就住在差差村，跟你们邻村。"

"你也是农村转学过来的？"

"不啊，我一直就在这个学校上学。"

贝得和李蒙一熬到放学就一起回家，但是他们并不马上回家，而是等做完家庭作业才回家。做家庭作业时，一般都是李蒙教贝得做，做完了作业，他们就在草地上躺一会儿。贝得的眼睛一直都是闭着的，他不愿看到那些灵魂，他也不想告诉李蒙。但是他又想告诉他，贝得想了半天，还是决定不告诉他好。

"明天放假，你能来玩吗？我叫上莫儿。"贝得问。

"好的，我一定来。"

到了第二天，李蒙果然来了。

"李蒙,你觉得贝得能看见灵魂是不是很好玩?"

"能看见灵魂?"

"莫儿!你告诉他这些干什么?我都没有告诉他?"

"什么?!你们关系这么好,我还以为你告诉他了呢!"莫儿委屈地说。

"你是说,你也能够看见灵魂?"

"也能够,什么意思?也?"

"我也能够看见灵魂!"李蒙兴奋地说道。

"喂,贝得,我给你说一句话。"莫儿说着把他拉到一边。

"什么事?"

"你看他是不是又来找我们谈什么命运的?我都听烦了!"

"我看他不像啊,他和我一起上学,还教我做作业,这么多时间,他早就可以给我们讲了,而且他又不像那些跟我讲话的人那么神经质。"

"既然这样,我也不说什么了,我只是讨厌那些人。"

"贝得,你遇到了那些讨厌的东西吗?总是缠着你,简直烦死了,当然,我也不是想打他们什么的,我只是讨厌。"

"哟嗬,跟我说的话差不多嘛。"莫儿小声说道。

"我遇到过,遇到了三个呢!一个叫'人',一个叫'天',一个叫'一伍',那三个人,简直是疯子!"

"没错,我也遇到过,特别是一伍,竟然还装作要跟我做朋友,然后叽里呱啦地不知道讲些什么。"

贝得和李蒙聊得很起劲,他们一会儿讲那些人怎么怎么讨厌,一会儿又讲那些灵魂的速度怎样快。李蒙和贝得都很高兴,他们都找到了一个能够互相倾诉的人,等他们告别时,贝得发现莫儿已经回去了,觉得有点对不起他。

李蒙第二天没有来上学，贝得很奇怪，他觉得这肯定不是好事。一放学，贝得就准备去找他，结果发现李蒙就在村口等他，阴沉着脸。

"有人要找你。"

"别说了！你今天为什么不来上学？"

"'天'要找你。"李蒙仍然用那种古怪的语调说。

"李蒙，李蒙，你这是怎么回事？"

"你也想变成那种下场吗？""天"问道。

"你把他怎么样了！"

"哼，这就是命运安排的下场。要我说实话，是你把他害死的。"

"你胡说！"

"命运是不允许有人看到他或谈论他的，也不允许人看到他真实的灵魂。"

"那你们也看到他了呀。"

"我们不是人类。当然，我们也不是神和鬼，我们是'命运者'。我们能与命运谈话，甚至插手命运，我们会让你看到自己的下场的。我可以告诉你，猫这种动物，它也能看见鬼魂，它还能看见命运，为什么它们没有灭绝？因为它们不会告诉任何人，包括它的同类、亲属。它见到命运时，会低下头来为他祈祷。"

"我……我会有什么下场。"

"唔，你有两种选择，你可以死，还可以成为一个……玩偶。"

"我不会选择。"

"你希望我为你选择吗？你或许变成玩偶更合适。"

"我有没有，第三种选择？"

"有，"贝得听到这句话，给吓了一跳，"你可以成为'命运者'，但我认为，这不是一个明智的选择。"

"在我选择之前，我问你们，你们为什么成为'命运者'？"

"好，我如实回答你，我……原来跟你们一样，是人，我也能够看见鬼魂，有一天，我碰到了'人'，他让我做出选择……"

"我选择……"

"等等，你走吧。"

"你说什么？"贝得怀疑自己听错了。

"你走吧，不然我就会改变主意了。"

"你怎么跟命运和其他的'命运者'说呢？"

"我只不过，会变成一个，飘荡在天空的灵魂。"

"还会有人来找我的。"

"不会了，不会，'命运者'我最了解，他们没有这么厚的脸皮。"

"你为什么放我？"

"因为我是人。"

"天"不见了，贝得准备回家了。他可能是第一个被放过的人，"天"好像意识到了自己的人性，他被放了。为什么？因为，贝得问了那么多尖刻的问题，问得太深？命运到底是怎么样的，他不了解，他不了解命运的秘密，或许命运自己也不了解。至少已经过去了，就忘记这事吧，莫儿说得对，天上飞过的，只是一架飞得极快的飞机罢了。

《山东文学》2008 年第 6 期

旧　梦

桥西车站门口卖早餐的摊子里，有一款玉米饼，据说在保持口感的前提下，可以浸在油锅里煎好几天。当然不只是某一家，有好几家都卖这种饼，也可以说这是保险的做法。饼有圆和椭圆的两种，圆饼是甜味，椭圆饼是咸味，它们其实都是空心的，里面什么也没有。这些煎饼摊子散发出的油烟蒸汽，和桥西冬天灰暗的雾霾混在一起，使整个视野都显得糊糊涂涂、浑浊一片。车站门口总是人挤着人，在这样沉闷的气息中，小摊油锅里的煎饼看上去都皱巴巴、油浸浸，仿佛全是几天前的旧货。

张恬铆足劲儿往售票大厅里拱，但人群好像永远没个尽头——他一边用力，人群一边像花花绿绿的波浪一样，分开又合拢。雾气消散了好几次，他才看到那几扇朝外开的玻璃门。

"行李需要过安检。"门口的保安头也不抬地跟他说。

车站内的快餐店当然跟露天摊儿的档次不同，里面有足够绅士的桌椅，提供暖气，最显著的是把外面的脏乱差隔离开来了。不过一眼透过玻璃门看出去，天空依旧摇摇欲坠，人声依旧鼎沸嘈杂，甚至依旧能听见油锅煎饼"咯嗞咯嗞"的响声。弥漫整个空间的烟雾蒸汽，给人一种天色向晚的错觉。

"你不吃吗?"张恬说,"我看你点了餐一口也不想尝。这家快餐的味道确实不怎么样,说不定还没有外面卖的那些旧饼子好吃。实际上新饼子硬邦邦挺难嚼的,那些老的吸了好多油,反而变软了。"

"真的不好吃,"那人说,"这家快餐店装修得还像模像样,可烹饪的技术真不知道是从哪儿学来的。最近两年啊,我在桥西吃过的快餐店几乎一样糟糕,冲杯奶粉都懒得帮我调散,好吧,至少明天我不用再考虑吃煎饼还是快餐店了。"

"听说你当时可是很愿意来的,"张恬托着下巴说,"我记得头一个月,你每天早晨的指定早餐就是煎饼。公寓、煎饼、写字楼,公寓、煎饼、写字楼,啧啧,回想起这头一个月……当时你还说,桥西的天气有多凉快,永远有一大块阴云蒙着,永远给灰雾笼着,'要是换作家乡那儿的太阳,每天至少要洗一次衬衫,累死个人。'"

"嗯,我当时是个多么活泼的年轻人,你明白吗?不像你时刻眯着眼睛,像把什么都看穿了似的。"

那人端起了纸杯,过了一秒又放下继续说:"虽然说这边老是飘着几片乌云,但就是不下雨,你说奇怪不奇怪。要么夏天下一场暴雨,山洪暴发一样的,听说附近的庄稼给淹坏了,就那几天天气放晴,可以感觉到桥西还是有天有地的。然后不知道发生了什么,几个月见不到一滴雨,说是旱天吧,看上去又不像。"

"桥西是这么个意思,你要说我不过比你早来半个月,晚上九点半坐个公交车回公寓,车上一个人没有,我以为手机时间调错了。更别说有什么夜生活,你记得吗,商业街那个点基本上只有我们两个人在街上散步——"张恬说。

"我第一次去卢先生那儿报到的时候……你能把果汁喝了吗?看你

捏着杯子晃来晃去我心里难受,压根就不需要点配果汁的套餐。我说我第一次去卢先生那儿报到,说请他和小Q吃个饭,结果小Q刚把我送到转身就走。"

"他说:'哦,张恬也在这边吧?我回去了。'我说不吃个饭再走吗,然后他估计油门踩到底了,比送我的时候速度要快几倍,就走了。我当时还一边和卢先生打招呼一边介绍自己说,哦,你好我是某某,是张恬的同学啊,刚刚那个小Q以前也来过你们这边……他脸上蒙着一层纱还是怎么的,一股忧伤的表情,我以为他不认识你们呢。"

"我知道,三楼那间办公室,墙上有几处裂缝破得跟蜘蛛网似的,连成一片了,到现在都还没人报修吧。"

"可不是吗。但是,至少这两年算是熬过来了,跟做梦似的。"

"说到做梦,我倒是想起来,昨天晚上我做了一个梦,"张恬说,手托下巴的惯用姿势表示他正思考,"我以前应该也做过这个梦,重复好几次了。可是我今天才意识到。"

那人耸了耸肩。

"别来那副老成的表情,我梦到的应该是桥南,但又不是桥南。因为我在梦里看到之前学校那些并列在一起的灰扑扑的教学楼全变了,变成了椭圆形的、橄榄球一样的建筑物,而且它是白色的,对,你可以说它是一个白色的巢穴,就伫立在原来修教学楼的地方。

"巢穴里面进进出出的也不是我们,我是说,是我们,但不是人类了,是一群蚂蚁。头上顶着两根发亮的触须,一大群蚂蚁涌动起来像一片黑色的乌云那样,你明白吗?和桥西这边的乌云差不多。我是其中一只蚂蚁,你也是其中一只蚂蚁。"

"嗯?然后我们像蚂蚁一样,通过触须传递电报交流?"

"用六只脚走路、皮肤很黑、腰很细,"张恬说,"除此之外……兴许和普通人没什么不同,用嘴巴说话,说的还是本地话。可能没什么特别的,要知道,也不是多么离奇、异想天开的梦,主要是我已经反复见到它们,见到蚂蚁们有那么几次了。"

那人挽起袖子,抚摸着手上的腕表:"没关系,你可以谈谈这个……蚂蚁的梦,说不定有什么启示性。"

"总而言之,我觉得它甚至不像是一个梦,一点也不诡异、也不模糊。可能是因为它太旧了,反而像是一种记忆似的。一开始一片漆黑,会出现很多发亮的斑点在眼前闪来闪去,眼皮被粘住了打不开的感觉。我完全清楚、明白地知道自己的身份,是巢穴的一只小蚂蚁,年纪很小。"

"符合我们在桥南时的年龄。"那人插嘴道。

"而且我睁开眼睛,可以看到木头雕刻的、有花纹的窗户。我能听到声音,有人在唱歌,哦,我听到它们一直在唱,是蛐蛐儿们在草丛里唱歌。我像是从一张床上蹦了起来,嘿,我有六只脚,穿了三双拖鞋,开始往外走……不知道在往什么方向走,外面的月亮是一团点燃了的火,在跳舞似的!你应当知道桥西的月亮是什么样子——"

"一抹水渍。"

"——本人两年来见过的最清晰最明亮不过的月亮了,朋友,就是在这个梦里。"

"而且听你的口气,还迷路了。"

"不不,我是被谁叫醒的,是的,是被谁从梦里面叫起来的。何况我在梦里对时间有什么概念呢,总之我就听着蛐蛐唱歌的声音往外走,天知道它们有多吵,不光是唱歌,里面还夹杂着一堆嘀嘀咕咕的声音,你知道,就像……就像桥西下的那种暴雨一样,急促又闹腾,但是你仔细听,又听不到什么具体的内容。

"到后面我自己也开始哼一首歌,调子记不起来了,我想说我哼的歌吸引了蛐蛐们的注意力。不只是蛐蛐，有鸟，甚至还有一只蝉，本来沉睡的巢穴变得越来越热闹。说到那只蝉，是一只很聒噪的虫子，我总觉得在哪儿见过他，梦是预兆的话，梦里的角色总得对应一个现实里的人吧。唉，别瞪眼我的朋友，别非让自己去对应那只老蝉，实际上我能感觉到除了啰唆以外，它是只本性不坏的小虫子。

"我沿着巢穴里弯弯曲曲的螺旋状楼梯下到一楼，正是底楼，门开着。透过玻璃门能看到外面是一处花园，花丛里的草又长又深，在月光下面似乎还有一圈一圈翠绿色的光晕。蛐蛐们在草丛里要么蹲着要么坐着，他们几乎都看见我了，跟我打招呼。你听见过潮水一样的声音吗？就是蛐蛐的招呼声，口哨一般婉转。他们叫我过去，到花园里面来玩，黄鸟和老蝉也在树上叽叽喳喳叫。我起先犹豫了一下，你知道吗，我想不起自己在犹豫啥，好像这群蛐蛐要向我揭露什么秘密似的，他们一边发出那种此起彼伏的声音，一边跳来跳去，真是蹦得老高。

"这一帮家伙，应该是我两年来见过夜生活最丰富的朋友了吧？所以我进去了，反正巢穴的门本来就开着。越往花园走，道路仿佛越长，越来越深，之前从窗户看出去不过是几簇小小的灌木丛，衬托着几朵小黄花而已。现在想起来没啥稀奇的，我不过是只小蚂蚁，花园对蚂蚁而言可不是个庞然大物吗？

"蛐蛐们起先还在跳在闹，但是我走进花园以后发现草丛比我的头还高，我是说，单一只蚂蚁来讲，如果我是个直立行走派，或许这些花花草草只能够到我的腰，所以我猜我是一只相当普通的蚂蚁。而且这些讨厌的蛐蛐戏弄我，四周变得安静了，他们不再唱歌、吹口哨，一定是个个都跑回了窝里，只能听到窸窸窣窣的声音。他们嫉妒我唱歌唱得好听，要故意给我制造难堪的局面。

"以前我可能会有点不知所措，你知道吗，就像朗诵会那次我忘了词儿，差点搞砸了。现在难堪的局面我倒是见得多啦，别忙着点头，忘了这是在梦里吗？我和所有的普通小蚂蚁一样紧张，真正地迷了路了，我往草丛深处径直钻着，我想见到哪怕一只蛐蛐，他嘲笑我也没关系。

"最后我发现草丛也钻到头啦。草丛尽头是一片森林，高高大大的杉树，在桥南的夜风中摇着它们的树冠，和我隔了一排石墙。至于这道石墙嘛，它是我记得最清楚的东西，说它是墙，大小更像一扇门，用一种灰色的、沾满了发亮碎屑的大石头垒起来的门，姑且还是称它为墙吧。墙的正中心位置缺了一块石头，嘿，是一间小草搭的棚屋，我保证不比你装牛奶的杯子大。看到屋里亮着灯光，我才没有时间奇怪小屋修建的原理之类的，用触须啪啪敲了两下门。

"他开门的时候先探出头，摇晃着脑袋，眼睛中心有一个小小的黑点，他的瞳孔，一颗芝麻粒似的。你可以说他表情呆滞，但是你不能否认他很酷，真的，一对锋利的镰刀，完全可以想象出他割草时的效率。你说蛐蛐？不是，是螳螂先生，一只小小的迷你螳螂，它可以把我的手掌当升降椅坐，要是它藏在草里，你也分辨不出两种绿色有什么区别。

"他说：'现在是你们这些小孩休息、睡觉的时间，竟然到花园来瞎逛。'听声音是一只雄性螳螂。

"我说：'抱歉，螳螂先生，恐怕是那些讨厌的蛐蛐引诱我来草丛的，然后他们一溜烟跑了，留下我一只蚂蚁迷路了。'

"螳螂比画了两下镰刀说：'好吧，不管怎么样，我可不想多管闲事。看到这堵墙了吗？我螳螂先生从来不越过这道界线进入巢穴的管辖范围，所以我也不能帮您找到回去的路。'

"'我们不都是在桥南吗？别的蚂蚁告诉我，桥南可没有什么界线和管辖范围，只要你有足够的能力照顾自己，一切都是自由的！黄鸟也是这么说的。'

"他说:'螳螂先生可不喜欢开这类无聊玩笑,小蚂蚁。看见这两把锋利的武器了吗?它们当然不是光用来割草的,还要用它们提防各种敌人!'

"'敌人?'

"'瞧瞧,小蚂蚁,您以为这片×树每天除了摇晃脑袋,森林后面藏着什么?'

"'后面是大山。'

"螳螂点点头:'大山后面是桥南以西,您知道西面都有什么吗?您可以认为,我是从西边来的。'

"'你会飞?'

"'森林后面那座大山是西山,它是桥南的山中最高的,石头也最多,因为没什么植物。在桥南这边可没人懂得利用这些石头来干事,我嘛,也不过是用它垒了道墙。我坐火车来的时候,这个站就叫灰石坡站。瞧瞧,小蚂蚁,也不知道这些山石在那儿躺了多少年,有的已经变成细渣和碎末了。您知道桥南的名字是怎么来的吗?西山到处都是断裂的悬崖,要不是修了一座大桥连过来,现在桥南也许还是偏僻的地儿呢,你们本地人当然应该再清楚不过了。'

"'桥南就是桥南,'我耸耸肩说,'不是因为修了一座桥,才得来这个名字。'

"螳螂眯着眼睛对我说:'您甚至不知道,西山上还有一座火车站。可是您也不像本地原住民啊?您见识过西山四周的大风吗?它们吹过来,像是这片寸草不生的石山的一道影子似的,把什么都刮走,刮起来每时每刻都能听到那种声音,仿佛里面藏着许多爪子和发疯的蛐蛐似的。所以即使我有翅膀,也不可能飞过来,灰石坡站是唯一的交通方式。'

"'我是本地人,很小的时候就待在这儿。'我嘟囔说。

"螳螂的眼睛眯得更细了,几乎看不到它那颗小小的眼仁了。我背后的草丛里,已经听不到任何动静,月亮不再像火一样燃烧,似水的波纹一般轻微震动着。

"'当然咯,是,或者不是……'螳螂摇摇头,说话声音莫名其妙地微弱起来。"

张恬摇了摇头,视线模糊起来。

"这是梦中的预兆,这种情况下,你知道,梦开始相当不稳定了,"张恬说,视线中那杯没人喝的牛奶在纸杯里荡漾着,"实际上,是闹钟把我吵醒的,我的闹铃一向调的振动。"

"做完这个梦,你觉得受到启发了吗?我刚刚用的什么词来着,启示性?"那人问。

"脑子里一些乱七八糟的想法,平时我自己都没有注意到,"张恬眨巴着眼睛,"像什么西山啦、灰石坡站啦,这些词完全是我在梦里发明的。"

"如果按照螳螂先生的理论,"那人翘起嘴角说,"说不定他是你脑子里面某座灰石坡站的来访者。"

"啥意思?"

"'你知道的',造访你梦境的旅行家之类的玩意儿。"

"瞎扯吧你,不管是山还是螳螂,它们都是我幻想的产物,"张恬嗤笑道,"我提起它不过因为这是个旧梦而已,一个老梦。"

那人平缓地展开手指,整个握住装牛奶的纸杯,盒子上画了只卡通形象的猴子,在手指的压力下明显往内凹陷下去,裂开很多直直的褶皱。他把牛奶喂到嘴里,嗓子发出咕咚咕咚的声音,那人喝奶的姿势保持了三秒,杯子见底了。他咂巴咂巴嘴,张恬注意到这和平时有点不同,然而他的眼睛、他的衣服、他的坐姿和平时表现的没什么区别。

张恬发现餐桌上有一片黑色的阴影,如同桥西浓重的乌云。很快他意识到，自己正是那个投下阴影的物体，他的影子、杯子的影子和餐盒的影子拉得越来越长，融成一座新生的、拔地而起的山峰。他的肩上，一个金色的点，渐渐变成一条线蔓延开来，勾勒出他整个人长长的轮廓。张恬回身望去，原来玻璃窗外，桥西的一轮太阳破开了所有的雾和蒸汽，已经升得老高。

他又恍惚地眨了眨眼，仿佛刚适应周围的环境。

"我的朋友，刚刚说的桥南的那个梦，你还记得吗？"

那人端着被捏得皱巴巴的牛奶杯子喃喃道："你是说桥西吗？"

"桥南啊。"

"桥南？桥西的那个地名儿吗？管他的哪，"那人满不在乎地撇了撇嘴，"你方才做了个梦倒是真的吧？我看你眯着眼睛，肯定睡着了。"

张恬张开嘴，可他什么也没说，盯着牛奶盒发呆。隔得远远的能听到车站播放着催促乘客检票的广播，盖过了外面早餐小摊的吆喝。那人并没有留意到张恬懵懂的表情，他仰头饮尽了牛奶，咧开嘴傻笑着，准备上车后好好地睡一觉。

咖 啡

咖啡冷了。空气中飘散的是它最后一丝儿热气。咖啡屋宽大的窗玻璃上附着影影绰绰的雾晕。张恬瞥视着，眼角余光里尽是人行道瓷砖那歪七扭八的花纹，一种失重的错觉瞬间从身体内冒出来——看不见的光充满了整个宇宙，他仿佛正在太空舱中漂移起伏，身体蜷曲着，一点声音也发不出来，大概是因为太空舱里压强比较低的缘故。

实际上，街上仍然是白天，可能是咖啡屋前伸的绿色雨篷，还有四周拥挤不堪的高楼大厦遮挡了一部分光线。当然，天色本身也灰蒙蒙的。杯子摸上去还有点微温，一个呈乳白色、弄不清什么材料制成的小巧咖啡杯，在昏暗中透出一点儿微光，好像拒绝融入这片地界。嘿，不管怎么说，也只是一个可以盛液体的简单容器而已，况且咖啡已经冷了，它的大部分温度都通过杯子的传导散发掉了。以俯瞰的角度打量，杯中只剩下一圈双重的环状轮廓，木桌的褐色差不多跟咖啡的颜色混在了一起，它们同样的冰凉沉寂。张恬半长不长的头发很没规矩地散开，抿着嘴，眼睛直视对坐的那位女士，但他的眸子，却像永远也停不下来，如同手指永远没法静止不动，一双眼珠像两粒晃动的磁石。那位女士不停蠕动的是嘴唇，她没点咖啡，右手平搁在桌上，旁边摊开着一张皱褶的锡纸，包装过糕点的。

　　张恬的视线从高到低逐渐下移，最初也斜着看到它，后来才完全落到上面。这本来是一张完美锋利、反射着朦胧光线的银亮的锡纸，因为要包裹一块点缀了樱桃的慕斯蛋糕，或者是撒满葡萄糖的甜甜圈，它被折叠、卷起，然后在压力下变形，生出数量众多的皱纹，发出低微细碎的嘎吱声。当被食用糕点的人剥下，重新展开，它开始挣扎，试图利用这个契机舒张、恢复原本的形态，并在整个过程中发出渺小的窸窣声——他感觉，坐在面前的女人正在发出类似的声音，或者说，代替锡纸发声，只不过他听不大真切。

　　女人用手撩了撩鬓边的发丝，问道："要不你也来一份，味道真的不错。"

　　"我不想嘴巴和耳朵一起用功。"张恬耸了耸肩——他是不想欠哪怕是最小的人情，因为接受的结果往往会带来未知的负担。

　　"服务员，"女人侧过脸，打了个响指，"再来一杯卡布奇诺——"眼光又转回到张恬身上，"我坐了半天还啥都没喝呢，是时候点一杯咖啡了。"

　　"没事，你喝吧，"张恬说，"我请你喝。"

　　"呦，你今天这么大方？"女人眯起双眼，"你是不是打算连晚饭也一并请了？"

　　"你要不怕减肥失败，我也不怕请客。"张恬抬手看表，离晚饭的时间确实不远了。

　　"最近新拍的电影那啥，昨天不是公映了吗？"女人轻声说，"你要不要去看？你请我吃饭，我请你看电影，公平吧。"

　　张恬舒展开眉头，语气有点调侃地问："什么情况啊，你是今天吐了一大口怨气，心里通明透亮了？刚才那副满脸黑线的表情呢？啧啧。"

出现了一个小小的间歇。她眨巴眨巴眼，开口说："好吧，可是你想想，我所说的全都没错，全都告诉你了。从前天开始我一直琢磨这件事儿，大概四五点他就开始倒腾，"她看了看手机，"前天我开始琢磨，现在是一月二十一日的下午五点了，我难道还要优柔寡断下去吗，干得了什么大事儿？这本来也不值得怎么往细里想。但平时是他在抱怨，我在劝诫告慰。这回全颠倒了，你看看昨天他说的什么，看看，'老子愿不愿意干就他妈的得看老子的心情。'好吧，原来我一直忍，他觉得你爱忍就忍吧。这很糟糕，但是我还能够忍受。只要想开一点，我还是可以克制自己的，我只不过是吃了点小亏，毕竟一家人，整个状况变了吗？真没多大改变，大家都不舒服，只不过我不舒服得多一点。我忍不了的是他每天四五点钟起床，好像是件小事，是吗？我偏偏忍不了这种小事，他以为自个儿在梦游吗？张恬，我也不明白我忍不了的是啥，姐姐真的是无计可施，我戴耳塞戴眼罩，把头蒙在被子里包起来，全都是白费力气——不是这声音像穿透了一切，就是这声音藏在被子里面。"

"我没想到，起先不是你的主意吗？我以为最开始是你的主意。"他说。

女人摇了摇头，张恬视野里模糊起来，脑袋里出现了别的画面，这画面和眼前呈现的场景有所重叠，又有所不同。这又不是他的"姐姐"（尽管不是亲姐姐）第一次找他诉苦了，她每次差不多都下定了决心，要远离不成器的酒鬼丈夫——一些大同小异的荒唐的场面他不但见过，在他们共同的熟人朋友间也都有过无数生动的传述。有次她问，她的兄弟姐妹们为什么还没把她从苦海里拉出来，似乎周围的人不是她的哥哥姐姐，就是她的弟弟妹妹。张恬呢，张恬还是一个打点临时工的待业青年，虽说家庭背景不错，但不是独生子女，父母的要求颇严，不仅不让他"啃老"，他还得养活自己未来的老婆。眼下嘛，年轻人自理能力差是一种常态，仿佛滞留在某种惯性里停不下来。前两周张恬养的狗死了，一条混了点哈士奇血统的土狗，不明白得了什么病，医生也说得吞吞吐吐。他独自把狗抱到小区的后山去埋了，还用木板竖了一块碑，结果没过两天就被人拔走了，因为那板子的用料质地不错。事情就是这样的。不过这事不能让他的"姐姐"知道，否则又得闹腾好半天，不如说他把狗送了来得简单。

他听着姐姐絮絮叨叨地述说，又想起他女朋友硬要养只兔子，不让他把从市场买来的肉兔送去宰杀，还要买只宠物兔来陪养。喂了一周以后，宠物兔还没买来，肉兔先死了。上网查询的原因是：她只喂了菜叶子，没有给它喝水。张恬埋兔子还在埋狗之前，那是他第一次埋不是东西的东西，再往前他的爷爷奶奶、外公外婆火化都是看不见的，殡仪馆不让看现场。后来他跟姐姐诉苦，他记得自己说了不少，这说的是他的亲姐姐。他从早上说到下午，还问她啥时候才能摆脱这重负和自责的感觉。结果姐姐哈哈大笑，张恬脸红了，不知是不是觉得面子挂不住，他拍了桌子，说她根本没有认真听。

"我应该跟一个更靠谱的人讲这些，是不是？"张恬涨红着脸说。

"你有没有仔细想想，"姐姐答，"有的事是不必告诉别人的，有的事是根本没办法告诉别人的，有的事是你告诉了别人，说不定又会后悔的。"他听完不说话了，闷闷地坐了一阵子，还在姐姐家义务帮做了大扫除，后来懒得吃晚饭就告辞了。

咖啡杯在张恬眼里已经缩成了一个小号的手镯，那浓重的汁液偶或轻轻颤动。他觉得这咖啡、咖啡杯本质上和木桌是没什么区别的，即使它表面上还未停止活动。包括他用手指拨动杯子做出各种规则的物理运动时，本质上它和木桌仍然是一样的。木桌左下角的一侧靠着玻璃外墙，一侧紧贴拐弯的砖墙，是个死角。对服务生来说，这儿是个死角——他们每次都不擦（擦不到）这里面。那里面有一小处空隙，黑黢黢一片，肯定储存着少许不可见的灰尘。

这小小的黑暗空隙让张恬回想起什么？他想起第一次去乡下过暑假的经历。大概是小学三年级的时候，暂住的土房子后面有一条弯弯曲曲的小河，沿岸野地里开满了亮眼的小黄花。叫不出学名的它们被路人踩得有点瑟索，但依旧充满生气，这是他第一次见到那么多成团成簇的野花吧？让他感到有些失望的是，它们跟书上描述的全然不同：不会说话，没有表情，也不会跳舞什么的，有风吹过来才晃荡两下。张恬蹲在路边，呆呆地看着它们，自言自语了很久，花们没有应答，倒是回去后被妈妈训斥了一顿——妈妈问他干吗一个人乱跑，而且去这么久，没有掉进河里就算他走运了。张恬认定它们如果不是因为讨厌自己不开口，就是已经死了，当然那时他还不具备真正理解什么是死了的能力。第二天一大早他又悄悄爬起来，一口气跑到土屋后面的小河边，看天光在辽远的天际一点点变化、扩展，先像大水一样澄澈透明，随后逐渐变暖，太阳慢腾腾升起来，是个很大的椭圆形，一开始并不耀眼。在上述过程中他陷入了某种痴迷，恍若置身于一个无声世界，什么音声都听不见，只记得大串小串殷红的火苗吸附在植物的枝干叶片上，水蛭般欢快地舔舐……这时候他才惊讶地发现，漫野遍地的小黄花一下子着魔或是通灵了，它们疯狂地起伏、腾跃、飞旋，混融成一片眩迷的缤纷光影，仿佛无数忽然获得了生命密码的精灵，在天地之间，在朝阳底下搔首弄姿，扭腰摆胯地疯狂舞蹈……

问题在于，即使张恬不止一次地想起这么一个场景或者印象，但也很难确定这个记忆的可靠性，也就是说它是否在自己有限的经历中真实存在过，尽管这些场景或者印象特别清晰明了。在刚才又一次对时光的重现中，他竭力想把玻璃墙外的都市景观和记忆里的乡野景色混合为一，可那些可爱的、星星般繁密的小黄花却难以成像，呈现出的只是一些歪七扭八、跳荡不定的曲线。张恬无力地聚焦了一下眼神，他的姐姐，身穿一件绛红的羊绒大衣，戴一串弄不清是真是假的翡翠项链，栗色的披肩发，一直在对他倾诉昨天、前天和前某几天家里发生的各种琐事……张恬忽然渴望停顿、安静下来。

不知道过了多久，他确信这会儿情况有些不一样了。抬起头，对面的那杯卡布奇诺被喝得一滴不剩，嘴巴也已经闭上，而之前她不断地在说话。张恬后知后觉到她鲜艳的口红，鲜艳得跟周围环境有点格格不入。

"张恬，你有没有在听啊？"女人说，"我看你怎么像在发呆？"

张恬摇摇头，两手插进衣袋，目光转向天花板上方，这暂时避免了对视的尴尬，但更让人觉得他心不在焉。

"不是啊，我在想我不喜欢看那种无脑爱情片，"他说，"要不去看那什么什么导演的科幻片吧，无论如何也是大片，我感觉肯定比你说的那部精彩。"

女人嘴唇上的口红仿佛都变淡了："哦，你说的哪部电影啊？你们这些男的就喜欢看科幻片，科幻背景不过是些噱头吧，还不是为了看特效和打斗。"

"不一定呢，有的科幻片看得我想睡觉。"

"哎，今晚七点半在某大学 B 区有一个地下乐队的演唱会，"她两手合十，指尖正朝着张恬的脸，"好久没看过现场演出了，要不你陪我去看那个吧，门票价格比电影票贵一点。我请客我请客。"

时间凝固了五秒钟，张恬扭扭脖子，第一次端起杯子抿了一口，咖啡还没有冷到冰点，室内的暖气使它保留了最后一重温度。他差点忘了，是有这么一场演唱会，乐队小有名气，女朋友还嚷嚷说要去看来着，当时没太留心。他对音乐的兴趣一般，却欣赏不知从哪里看来的一句话：音乐使人便于养育奴隶。咖啡屋内正在播放的流行歌曲，感觉恰似唇上抹了艳丽口红的女人，扰乱视听，让他更加看不清楚某些东西的本来面目。

"我可是五音不全的人，"张恬说，"流行的大路货不想听，古典音乐没耐心听，其他的什么摇滚、布鲁斯、爵士乐、民谣也无可无不可。"

"那你爱听什么？"

"我真是啥都不爱听，要不还是去看科幻片吧。"

"哎哟，你们就知道看科幻片，就不照顾一下我们这些女人的感受。"

"要不我把彤彤叫出来，一起陪你去吧，我真是不爱看。"

女人的嘴角翘了翘，不像在笑。张恬从兜里摸出手机拨了个号码，过了十来秒钟，传来一个稚嫩的女人声音。他握着电话听了一会儿，很快挂掉了。

"这家伙，不省心的，和几位姐妹打麻将去了。"

女人胳膊肘搁在椅子扶手上，另一只手支撑着脑袋："没事，她打麻将你让她打去啊。这会儿天色也不早了，你让她赶过来，反而耽搁了吃晚饭的时间。"

"那好吧，"张恬看看表，马上六点了，"晚上想吃什么？先说好我拒绝快餐啊，不要再拉本人去吃垃圾食品。"

"要不然去吃西餐吧，我请客。"

"说了我请客就是我请客。你决定好看什么电影了没有？"

"没想好。哎，其实我更想去看那边的演唱会哎，肯定比看电影有意思多了。"

"要不吃完饭再确定。"张恬说。

"吃完饭，你还能买到正点的电影票吗？"女人边说边拿起随身小包，黑色的，看上去很细腻的皮面，闪动着柔和的光泽。

　　玻璃墙外，街景和行人的影子看不真切了，一股不知从何而来的音声在城市上空呼啸游弋着。云幕后面，太阳拖着淡淡的影子落到了那些大厦的低处，于是暮霭穿透玻璃，沿着他的大腿，以一种几乎可见的缓慢速度爬上木桌。尽管有一层墙壁的隔离，但那片莫名的通透光影仍然在持续地充满整座咖啡屋。除了最开始空无所有的失重感，胸中憋闷的窒息感也渐渐加重，眼眸转动的幅度越来越大，频率越来越快，一切都在加速中——噢，这该是到另一位神灵接管地球事务的时间了。夜晚正以月亮的速度不慌不忙地赶来，张恬告诉自己必须尽快作出一个决定，这关系到究竟是去看充满肉麻对话和夸张表演的爱情电影，还是去看特效震撼、打斗生猛和恣意幻想未来的科幻片。唉，或许他应该顺从女人的意思，乖乖地跑到B区买两张音乐会的门票、两张演唱会门票——然后身前身后都是荷尔蒙满溢的年轻大学生，架子鼓有节奏的敲击，吉他、贝斯和键盘手的弹奏，被音箱放大后在小广场造成一种喝高的效果，追光灯的光束牢牢打在主唱不断移动的身体上……

　　有人推开咖啡屋的正门，一些含糊的杂音涌了进来。他觉得身体的代谢一下子变慢了，呼吸变慢，咚咚咚的心跳有点像低音鼓，跟外在的音声融会在一起。那些单个、具体、形色各异的动静从四面八方汇聚到这里，混合成一道无形无相、无边无际的绵软高墙，让人疲惫、沉重、虚空、无从规避……近似于包裹糕点，锡纸遭到挤压时的情形，声息全无，唯有席卷一切的力道下的无力感填满了他所能觉察到的所有空间，在空间中无限度膨胀，没有质量，没有密度，看不见摸不着，其实它自身就是空间，不，就是时空，亦即宇宙……你就待在时空的某个节点或坐标，任凭你发出何种呼喊，做出何种姿态，依然是没有声光，没有空气，没有表情，没有欲望，只有一种类似在外太空缓缓飘移的无从自主的无力感。这就是所谓的失重吧？为什么失重？他从中获得了什么？改变了什么？没有，什么也没有。

　　起身之前，张恬再瞥了下窗外，视界里还有一抹亮色，只不过无论哪个方向，夜的灰蓝都在蚕食最后的天光。离开座位时他不小心碰到了桌沿，杯中液体随之震颤，不过这咖啡已无一丝热气，它凉了太久了。

《西部》2012 年第 10 期

桥的南端

一

老蝉的窝近几天渗水严重,短期内很难居住了,它知道自己会迁到一个新家,这是迟早的事。它啪嗒着膜翅,幸灾乐祸地伏在枝头,灰黑的眼看向一面窗户。那玻璃窗镶嵌在葫芦状白色巢穴上,巨大的轮廓若隐若现,笼罩着淡黄的光晕。这巢穴是一栋建成没几年的校舍,白色胴体拉长了影子,映印在草地上。

拜托,再多给我们一点光明吧,炫目的闪电画出了几张苍白的面孔。此时此刻,在这片大山连绵、密布着森林的地方,除了伫立的巢穴是唯一的发光体,大地上的一切都沉浸在灰暗的雾霾中。

老蝉看到小蚂蚁们揿亮了床头灯,几张小床东倒西歪地挤成一堆,床单拱起一个皱巴巴的弧度。接下来小房间的门(巢穴里无数房间中的一个)打开了,一对触角先颤巍巍伸进来,几只纤细的足踩着响亮的雷鸣跨过门槛,这是一只身材高大超过小蚂蚁一倍多的大蚂蚁。可小蚂蚁们在床上或躺或坐,没有谁动弹——他们显然还在担心啪啪啪震动的窗户,它有点抵挡不住暴风雨的能量。

"孩子们，你们不能——"

老蝉又往前挪了几步，扇动双翅抖了抖身上的雨水，飘升到和巢穴顶层差不多的高度，钻进一处能够遮挡风雨的缺口。它离小蚂蚁们的房间更近了，像只大苍蝇一样摩挲着前肢，发出沙哑难听的偷笑声，白色石头上立刻聚积了一摊水。又一道闪电劈开云翳，巢穴原本的光亮相形见绌，整座建筑似乎都溶解到了空气里面。

小蚂蚁们睁大眼睛，摇晃着触角四处探路——灯光熄灭后他们一直没能安定下来。山谷深处无穷尽的水汽扩张成了大片浓雾，慢慢移动到白色巢穴周围，影影绰绰，将它装扮成一个魔王的老窝。夜幕下黑乎乎的荒野外，让人总疑心有吓人的怪物伸出无形魔爪，在四处搜寻猎物——如果不幸被它逮到，免不了被生吞活剥的下场。可在这伸手不见五指的夜晚，谁知道它在哪儿游荡？

"嘘……"床的支架发出嘎吱嘎吱的响声，有蚂蚁下床了，他打算去向哪里？

瞪大双眼的老蝉看清他们不过是去厕所，感到很是失望，本来期待他们再次打开那盏台灯，即便违反纪律也在所不惜。没错，老蝉展开翅膀，飞转着掠过一扇扇宿舍的窗户，有灯忽而亮起，忽而熄灭，循环往复，直到再看不到一点亮光，这时候巢穴已经与夜气融为一体，只听见一片紊乱的呼吸。小蚂蚁们显然觉得魔王还未离开，它仍在野地里拽着红色斗篷踽踽独行，任何接触过斗篷的雨珠，都会变成鲜艳的血滴滚落到草丛中。

"谁去开下灯，我们需要知道它在哪儿……"一阵沉默，有蚂蚁掀掉被子，在室内走动，不过絮语播散在潮湿的空气中，台灯始终没有亮。魔王可能正无声地逼近，这是一头有灵性的人兽，它嗅到的不是猎物身体的气味，而是恐惧的气息。它的脚步轻若蝉翼，加上有雷雨的掩饰，以至于敏感的蚁类也察觉不出一丝动静。

老蝉感到挺好笑，真的，一群没见过世面的小家伙，居然因为一个不存在的阴影担惊受怕。它自己当然乐于看到他们惊惶无助的样子：他们藏在被子里屏住呼吸，一双触角还露在外边；他们想拉亮台灯，却又担心被宿管阿姨呵斥。他们是不是真的认为有魔王存在呢？老蝉忽然觉得事情不那么靠谱了。雨里有羽翅扇动，轰响的雷声和窗玻璃屏蔽了那声音，小蚂蚁们什么都没有听到。

而老蝉对这声音再熟悉不过了：是一只黄雀，比它大整整三倍。她眯着眼睛降落在老蝉的旁边，扑扇了几下羽毛，害得它的身体又一次被打湿了。

"每次都被你搅了兴致，太讨厌了。"老蝉沙哑着嗓子咕哝。

黄雀清脆地咯咯笑着说："不会吧，淡定的老蝉先生，难道会因为一只小鸟儿的到来被打扰吗？"

"当然喽，我好不容易在这儿避避雨，找点乐子，你却不知道从哪儿闯进来了。"老蝉一边抱怨一边退让了几步，又苍蝇似的搓着手，"看看这群小不点儿，害怕森林里的大魔王！胆小成那样……"

"如今的老蝉成大英雄了，可当初的你不也一样吗？"黄雀笑眯眯地调侃，"想不到有一天你还能隔岸观火，自娱自乐。"

"每个蚂蚁都有它不同的爱好，比如我和你，"老蝉换了个姿势，语气很是恼火，"也有讨厌的事情，比如我和你。"

一道雪亮的闪电冷不丁穿透天穹，没有准备的老蝉两眼都被亮瞎了。黄雀及时展开翅膀遮住了头脸，喙却惊讶地大大张开着。接下来是一个暴躁的炸雷，它真正响彻了整片地域，伴随着尖锐的叫嚣声、喧哗的议论声，刚亮瞎眼睛的老蝉的耳朵又快被震聋了。

"天哪，真受不了这鬼天气，"老蝉腾起身子，晃晃悠悠飞向远离窗户的角落,"这样下去,我也会变成一个疯子。"

宿舍房间里的台灯逐一亮起来,从零零星星的光点,到一片灯火通明,巢穴虚幻的影像又还原为轮廓鲜明的实体。只有在这种时候,小蚂蚁们心头才踏实下来。从窗外望去,他们睡意全无,窝床上讲述自己的故事趣事——这样做无非是为了转移注意力,讲述的内容来自父母读的睡前童话、电视里的动漫电影,还有日常生活中真真假假的一点经历,或者是随口现编的笑话与段子。

"魔王常常半夜三更在森林或沼泽地游逛。它披着宽大的血红斗篷,碰上活的生物,就把他们撕碎吃掉。直到黎明时分,雄鸡开叫了,它才赶快回到深山自己的巢穴里。"一只瘸腿蚂蚁煞有介事地说。

邻床一只胆小的蚂蚁急忙回应:"现在离鸡叫没多久了吧?"

"什么没多久啊,早得很,还有好几个小时呢。"瘸腿蚂蚁一边说,一边伸出触角在抖搂着的小蚂蚁头上敲了一记:"幸亏我们开着灯,魔王不敢靠近,因为他害怕光明。不然,我们就太危险喽。"

……

对小蚂蚁们天真的议论,黄雀只是笑笑。跷着后腿的老蝉趴在不远处,听到有趣的蠢话,也从嗓子眼里发出嘎嘎的笑声。

"嗯,我会记住这个方法。"老蝉自言自语地说,"最好明天还是继续下雨,好吓唬吓唬这帮呆瓜。"它显然暂时忘了窝巢严重渗水的事儿,否则应该祈求天气放晴,再这样下去便没地方睡觉了。

黄雀打了个哈欠,向老蝉扇扇翅膀飞走了。

在接下来几个小时里,老蝉一边打盹儿,一边看雨滴们坠落的频率减缓。到鸡鸣时分,雨势已渐渐变小停下。水滴落的范围缩减到了早先承接细雨的物体本身——屋顶、巢穴周边的树、野地的灌木杂草岩石……都有或多或少的水在滴落,森林里更是充斥着窸窸窣窣、滴里答啦的滴水声，仿佛有无数看不见的手在故意摇晃那些树枝树干似的。

房间里的小蚂蚁们呢，它们的故事早已讲完，一个个眼皮合到一起，触须有气无力地耷拉着，身体在床边软绵绵摇摇欲坠。可怕的大魔王不见一点踪影，真正困扰蚂蚁们的是睡眠之王的魔爪，即使意志力最坚定的蚂蚁也无法幸免。

二

必须强调的是，不只是对蚂蚁，对多数爬行动物来说，旧的时代已经过去，双脚直立行走才是正道。像老蝉那样的落伍者甚至不值得嘲笑：它们苟活在过往的生活中无法自拔，黄雀姐姐才是潮流前沿的时尚族。无奈蚂蚁们也模仿不来，只有尽量跟随时间的脚步，比如：学习用两足走路。

小蚂蚁C在生物老师讲课时，琢磨着多余的两肢存在的理由。通过学习，它认识到最终进化后的他，剩下的只有前肢和后肢，再也不能爬行。如果他坚持爬行，从胸到腰之间的身体会如拱桥一般隆起，对进化造成干扰。他想象自己痛苦不堪地拖着两条不协调的后肢走路的样子，忍不住做了个鬼脸。

正是为了适应这种变化，蚂蚁们才在巢穴旁修建了大运动场，即一个剜掉相当面积的草丛，然后覆上化学材料建成的弹性十足的矩形场地。没问题，在这里他们可以跑步，玩球类游戏，C常常看到蚂蚁们在矩形球场上晃荡着细腿，竭尽全力争抢那只圆溜溜的皮球。说实话，他并没有觉得这项运动有什么好玩儿，只觉得皮球表面反射着强烈的太阳光，把自己的眼睛都晃花了。蚂蚁们奔跑的速度越来越快，这是速度耐力与技能的比拼！哈哈，穿蓝色球衣的那个谁忍不住伏在地上爬行起来，他的六只足蹬得飞快，就像参加赛车比赛似的。

进一步，C产生了怀疑——抢球运动来自狐狸国，它或许有助于身体的协调运作，但是不是有利于智力开发就很难说了。除了看到一群同龄蚂蚁在草皮上表情夸张地跳跃疾跑，带球拦截，他没发现任何足以证明生命从低级向高级发展进化的痕迹。

C决定画一幅画来表达自己对球类运动的看法。上美术课时，他将一张白纸涂黑，只在中间留下一个椭圆的空白，那个椭圆看上去白得有点刺眼。在C走近讲台交上作业，再回到后排座位的过程中，蓄山羊胡子的美术老师一直透过近视镜片费解地打量着他。

老师扶着鼻梁上的玳瑁镜框，用他一贯优雅、缓慢的语气问："此画的主题为……宇宙黑洞之溃散？"

"哦，我画的是足球。"K局促地回答。

"抽象主义还是未来派？"教美术的大蚂蚁端详着画面，喃喃自语，"很不错嘛，黑白两色，我喜欢这种极简画风……"

C听得有点蒙，老师却连连点头："难得哦，小小年纪有这般才华，不知你对美术有无特别的兴趣？"

这也是开设不久的一门课程，对小蚂蚁而言，美术至少是锻炼前肢的方法之一。C突然意识到，不知不觉间，他已融入了两脚行走的方式和状态。爬行阶段后开始的新时尚，它的扩散如同那个反光的足球，不经意根本就看不见。

三

星光明亮的夜晚，月色黯淡。一大片比芝麻还小的灰色网格状颗粒在眼前胡乱闪烁。蚂蚁K想睁开眼睛，可上下眼皮就像粘住了似的。拼尽全力抬起手揉了几下，那些床和桌子的模糊轮廓慢慢显现，脑子勉强恢复的他支撑着坐了起来。

蚂蚁大姐姐刚才叫过自己吗？看了看窗外密布的星星，K估摸时间还早。离开了暖和的被窝，深夜的凉意让K有点哆嗦，地板上搅动视线的一团黑色漩涡，也叫他感到犯晕。

恍惚间，K看见黛蓝的窗帘被夜风展开：窗帘上印有很多戴圣诞帽的黄月亮，它们向同一方向倾斜，都在呼噜噜睡大觉。原来月亮休息的时候也是不发光的，那些弯弯的小月亮，一个个好像香蕉。

K终于意识到自己是被尿胀醒的。他想上厕所，花不少时间才摸到床下的拖鞋，步履迟缓地走出宿舍。过道里有点浅淡的光线，那不是路灯也不是月色，而是一些虫子麇集在天花板、墙壁或角落发出的微光，色泽类似柠檬。巢穴的天花板很高，要好多只蚂蚁叠起来，才能够到顶。在夜间，蚂蚁的影子在灯下被拉得老长，乍一看很是吓人，就像如影随形摆脱不掉的鬼魂。

K脑子昏昏沉沉的，去厕所的路都模糊了。正前方是一道摆满花盆的回廊，右边是阴森森的储藏室，墙面受潮严重，灰皮支棱八翘地悬挂着。K耷拉着四只手，在回廊间无所适从，直到室外池塘里传来"咕咚"一声，才给他提了个醒——"哦哦，原来我是要去厕所嘛。"

厕所存在于巢穴某个不起眼的角落。在这个气温下降的夜晚，行走在充满盆罐杂物的回廊，K知道自己有把握到达厕所的那个拐角。他灵感源源不断地涌出来：先朝前直走，穿过一排种着小黄花的花钵，然后丢下几只绕后脑勺打转的萤火虫，登上有玻璃扶栏的楼梯，拐角处亮着一盏绿色壁灯——那里面就是那个有着莫名的滴答声，在深夜巢穴里似乎总是不断变换着位置的隐秘处所。

卫生间里空无一蚁，只有K和自己的影子。他有几分紧张地解着裤带，而其实并没有怎么害怕：什么大魔王，鬼魂就不用说了，还有蛐蛐，知了，就算是鬼东哥寒号鸟又咋样，不过是一群游手好闲的流浪汉，它们整天无所事事，动不动就大吵大闹。

"看看那个小鬼头儿，像只漂流瓶一样找不到方向，给蛐蛐儿们看笑话！"老蝉伏在窗外一棵歪脖子树上，一边哗哗坏笑，一边看K神经兮兮的举动——

蚂蚁们管蛐蛐叫叫花子，因为它们大都在砖石底、草丛间，或是天然洞穴里生活。夏天的晚上，蛐蛐活跃在杂草或墙根儿下，振动并摩擦翅膀，演奏出有节律的声音。它们有时候喜欢围观，假如巢穴房间的窗帘没拉上，保不定此时它们正盯着你的一举一动呢。

撒完尿出门，K眯缝着眼，断断续续地吹着口哨，那调调儿好像是"叛逆孩子XYK"的前奏——这当儿，巢穴内外突然响起蛐蛐的大合唱，此起彼伏的鸣声中，老蝉、黄雀先后现身了。蛐蛐声加上别的鸟雀昆虫的鸣叫混杂在一起，似乎比白天还要热闹，但这喧嚣里又有一种奇怪的静谧，不动声色地流溢在墙根儿草丛间。

"他都找不着北了，嗯？"黄雀轻轻一哂。

"这个捣蛋鬼，竟敢去惹蛐蛐们。"老蝉搓着手，掩饰不住幸灾乐祸的神情，"我倒要看他怎么收场。"

"看他在找啥呢，储藏室右转不就是花室吗？"离老蝉不远的一只蛐蛐说，"花室岔道的左边是楼梯，往下是教室，右转呢——"

脚底一声哐当让K清醒了点，他不小心碰倒了一只陶瓷花瓶。跨过那件瓷器继续右转往前，脑海里映出床的影像，还有皱巴巴不太洁净的床单。黑底加椭圆白点的枕头，让他想起一幅学长C的画，一幅题名"足球或宇宙黑洞之溃散"的画。

不知不觉间回到宿舍，房间里非常安静，看来室友们都在老老实实睡觉。只是粗细不一的呼噜声听不到了,床上乱七八糟的被褥也盖得妥妥的,一切都熨帖得有点可疑。K似乎找到了自己的床,不过让他疑惑的是:离开时撂到一边的被子怎么又自行还原了?那只瘪陷的黑色枕头,变成了胀鼓鼓软绵绵乳黄面料的枕头。他一屁股坐到床边,不料坐在了一个有弹性的身体上。

蛐蛐们爆发出一阵唧唧喔喔的议论声,夹杂着叽里咕噜的窃笑。

"这家伙昏头了吧,右转明明是女生宿舍,里面住的都是女蚂蚁嘛。"一只成年蛐蛐心平气和地说。

白色巢穴里的灯一盏盏亮起来,接着发自宿舍的嗡嗡絮语振动了空气——一只大白葫芦就这么活了过来,刚才它还是喑哑和没有活气的。

"啧啧,敢拿这么个表情对咱们蛐蛐儿,注定是这个下场!"一只嗓音苍老的蛐蛐清了清喉咙,拿腔拿调地说。看来这老蛐蛐儿很有话份,因为有相当多的蛐蛐也跟着附和。

老蝉拉长了嗓子评论说:"瞧这些蛐蛐儿,一群多坏的家伙!"它孛开翅膀,悬停在半空中低声窃笑。

"找到了迷宫的终点,却不是迷宫的出口。"黄雀离开枝头飞回了自个儿的窝。

天穹间星星依旧闪烁,巢穴里灯亮又灯灭,短暂的夏夜不知不觉就过去了。

四

蚂蚁C不仅喜欢踢球、画画,还是巢穴军乐团的一员,他小脸快乐,承担着乐团指挥的重任。演出时托一根银色指挥棒,棒子末端挂了颗闪亮的星星。这根指挥棒尤其是配饰的星星,吸引了太多艳羡崇拜的目光——从第一次见到巢穴乐团演奏时起,他就想掌控那根指挥棒。经过卧薪尝胆、竭尽全力的学习和争取,他如愿以偿站上了指挥席,这时候他却有些惶惑:我这是想干吗呢?我为啥要不辞辛劳拼命争取并保持住这个位置?那根指挥棒还有星星对我意味着什么?他梦见自己掐下闪亮的星星四处藏匿甚至把它一口吞下,焦虑的心总算安定了几分,可这安定的状态太过匆促,当他又一次被这个执念缠绕时,梦中的想象就不能再满足他了。

C一边指挥乐队,一边翘起嘴角,扬着眉毛,一副游刃有余的架势,可他的心思全在那颗该死的星星上——但愿他没做成乐队指挥才好。

C抬起指挥棒,口齿清晰地说:"预备——开始。"

乐手们稀里哗啦地吹拉弹唱起来:中音、次中音和低音长号手憋红了脸,紧紧抓住锃亮的铜号号身,每个人的身体都左右摇晃;吹单簧管的铆足了劲儿,不知道啥时候管子会像一支箭矢脱手飞去;敲鼓的蚂蚁估计心情也差不多,似乎不把鼓面敲破就不能算完。

巢穴军乐团通常只演奏一支曲子,一年到头翻来覆去地练习,实际上正式登台演出的机会很少。跟他们合作的是巢穴合唱团,一大群小蚂蚁背起双手,梦呓一般和着伴奏唱出一首意思模糊的歌曲,大概是说桥南不仅有得天独厚的自然山水,还有美轮美奂的宏伟建筑,我们要珍惜这来之不易的环境,在她温暖的怀抱里快乐成长……

有一天,音乐老师——一只戴着金色假发的蚂蚁,发现指挥棒悬挂的星星消失了。

"这是怎么回事?"

"坏掉了吧,已经用太多年了。"C表情平淡地回答。

"奇怪,其他部分还是好好的啊?"老师怀疑地看着他。

C干巴而又平缓地说:"断掉正常嘛,它长时间承受着棒子造成的压力，尤其是不必要的压力，"C将指头卡在棒子的中间部位，"我觉得应该这样，才是最科学的握法。"

音乐老师摆摆手："那不符合要求，我们必须遵守纪律，按规定行事。"

"问题是这个很难修复了，老师。"C难得耐心地解释。

"这样说来，只能换一根新的喽？"老师声音很轻柔，"不过我先得向学校汇报，然后由你用书面形式提出申请。"

"真是这样子，老师，旧的这根没法继续服役了。"

没等到新指挥棒申请下来，C便离开了白色巢穴，原因很普通，他因为心理问题从这儿转学了。一般情况下，小蚂蚁会在白色巢穴一直待到小学毕业，顺利毕业以后，几乎就不大可能有机会再回来。

至于那颗星星到底是怎么回事，我们已经难以得知真相——也许他真把它剁烂、碾碎，甚至（有蚂蚁曾这样推断）——吞到了肚子里（如果真是这样，他的确有点疯狂了）。可能最让他感到愤怒的是，那个漂亮的星星竟然是空心的，金属漆的表层下其实是一脚就能踩瘪的塑料材质。

于是最合理的推测是，C把它踩了几脚后就扔掉了。它的残骸去了某个垃圾处理场，因为每天都有大卡车从垃圾场来巢穴运走一堆垃圾——那颗星星最终被丢弃了，它伸直手脚，悄无声息地躺在这个堆积着海量废弃物的充满恶臭的地方。

五

不管C心情有多沮丧，至少远足还算得上是一件令人兴奋的事，比成天待在巢穴里强多了。K更是巴不得每周都来一次远足，他知道这终究也会让人腻烦，但眼下却禁不住对类似活动的期待。

大巴车的引擎发出低沉的轰鸣，当车轮达到一定的转速时，轮毂仿佛也消失了。K初次来白色巢穴报到，乘坐的就是这样一个长方体盒子。尽管对机械动力完全无知，工作着的汽车却让他兴奋莫名，他想不明白发动机产生的能量是怎样跟车轮关联起来的。那么高的车身，差不多有三五只大蚂蚁叠起来那么高，所以那些秘密都被封闭在油漆的金属外壳里面了，K知道那是他目前暂时无法弄懂的一些问题。

寄宿蚂蚁们分乘五六辆车，车厢里七嘴八舌，热闹非凡。K在这时反而不怎么说话了，小D则在啪嗒啪嗒消费自己衣袋里的零食。每到这类公共场合，男蚂蚁大都喜欢夸夸其谈，期望引起女蚂蚁的注意。让K感到不解的是，女蚂蚁们并不觉得男蚂蚁的自我表现有多傻×或是讨厌，甚至对露骨的骚扰言行也不以为意，她们反应的差异仅仅是粗鲁地哈哈爆笑或是假装娇羞地咯咯嬉笑。K觉得她们的笑声都太不蚂蚁了，是的，那样"咯咯咯"的嬉笑更接近蛇精病的笑。

这些蚂蚁太庸俗了，他们开玩笑说荤段子的那个放肆，根本不顾及是否过分、是否有失学生身份。K侧过脸看向窗外，汽车已经驶出山谷和森林，公路像一条长得无尽头的脉管，在旷野上延伸穿行。路边扩散开稀疏的野草和野花，有时会冒出浅浅的灌木丛，大山巨岭的轮廓隐约在极目的远处。旅途的无所事事中，K偶然发现一株小白花，它根部的泥土有一点新鲜痕迹，似乎暗示这孤独的花儿移植自别处，跟周围的花草总有点疏离意味。K认为那朵花就像自己：因为想法与众不同，在这喧嚣的大巴车队里，没有谁能和自己正常交流。蚂蚁们各忙各的，唯有K隔着玻璃窗，在快速移动的间隙跟小白花对话，他能听见它呢喃的低语，感应它渴望抚慰的身心。

偶遇毕竟是短暂的，正如它来得那样突然：小白花在机械的强力驱驰中落到了身后,离 K 越来越远。公路在疾旋的轮胎下有如一只拉长了身子的腊肠狗,冷静地、不带任何情感地跟随着。当几只蚂蚁为一个无聊的笑话笑得前仰后合时,蚂蚁 D 察觉到邻座鼻腔里发出不满的哼哼——

"噢,你怎么了?对不起,我没有打扰到……"把薯片咬得四处飞溅的小 D 小心地问。

"当然没有,"K 表情淡定地否认,他怎么会因为这丁点小事跟朋友生气呢,"主要是鼻炎又有点犯了,你能给我点餐巾纸吗?"

"早晨我的饮料瓶子滴漏,一包纸全湿了,你忘了?"

"没有,我只是想,你或许有备用的一包,我猜的。"K 回答。

"薯片我倒是另有一包,你想吃不?"小 D 说着开始翻他的双肩包。

K 不大耐烦地摆了摆手,他可不想继续这样的话题,他倒是想和对方谈谈诸如:伟大的思想家为何总是孤独的?世俗民众为何总是鼠目寸光见利忘义?世界到底是无意识还是有意识的——诸如此类的话题。与小 D 一道探讨是绝无可能的,不管啥话题都会在他牙齿的咀嚼下变成粉末;他的脑子如同一张白纸,你企图写入的任何内容,立马都会化为乌有,就像有一只无形的橡皮擦在神秘力量操控下一刻不停地擦拭似的。

大巴车任由着动力的惯性碾过公路,他们去的是一处比巢穴所在地更偏僻的山谷,此时车程还没走到一半呢。路程过半的标志是一座桥,一座比巢穴与城区间的江桥更大的桥,也是 K 生平所见的最大的一座桥。建桥的材料是一种坚硬的石头,据说和白色巢穴使用的建材相近,它们在亿万年前形成于海底(据考这一带是远古时的大洋深处)。石材刚剥开时有蓝色的荧光,柔柔的,就像覆有一层蝉翼般的蓝膜,遭遇新鲜空气后,蓝光很快便消失殆尽了。

张望窗外,K 发现路旁的小白花多起来,似乎是大规模移植的。虽说仍然都带有新土的痕迹，可是因为小白花不再孤独，心里不免有一种被欺骗的感觉。

"麻烦借用下你的眼镜——"K敲了敲小D的肩膀。

"你早就该配一副眼镜了，"小D别扭着说，"我妈说，近视眼长期不配眼镜，度数会加深的。"

"我妈说眼镜戴得越久，近视度数越高。"

小D还在往下絮叨，K没再听下去——现在路边的小白花消失了，改换成某种生长速度超快的树苗，据说两年内这些疯狂植物就会长得远远高过公共汽车。K能够推想出夹道大树间乘车的情景：他们就像在一个头顶没盖儿的长长隧道里行进，大巴是一个呼噜噜滚动的短小盒子。

"不出两年，这些树就会遮天蔽日，你看看，路旁种的全是快树的种子……"K意识到（或者自以为意识到）问题的严重性，他觉得有必要让自己的同类知晓，"不出两年这些树就会长得又高又大，那时候坐在车里，我们会什么也看不见，两边的树编织成……"

"没有关系的，我们，反正我们不过是路过这里嘛，"小D一点也不在意地说，"而且说实话，到底会有几个人往窗外看呢，难道你要看吗？"小D又惊讶地瞟了K一眼，两个触须一摇一晃的。

"还有，你想想，这些树苗是谁播种的呢？"K对小D的漠然无感，或者说根本就不在意他是否会理会自己的话，"这样的荒山僻岭，政府恐怕也顾不上来，那么谁会来管理这些树苗呢？说不定几年后……疯长的树木会像防护栏一样封闭公路，搞得连车辆都无法通行……你说会不会这样？"

"不可能吧？"小D难得正经地回答，"树肯定会长高长大，但不至于阻断交通。再说了，如果真出现了这种情况，相关部门会出手解决的。你啊，应该好好享受路上的美景才是，就不要学那个杞人了。"

"是这样的吗?"K半信半疑,"不过你挺能讲的,看来我小瞧了你的口才。"

"啊,你看你看,那边真有好多蚂蚁在种树,好大几片啊……这个确实、确实有点反常哦——"小D估计是第一次望向窗外,然后就发现了惊天动地的大事:"Oh My God K哥,他们真的在种那个邪恶的快树,这帮人疯了吧?我还以为你是瞎编来着!是谁让他们这样干的?环卫工蚂蚁?别开玩笑了,这里全是荒野,从来都是三不管的地方噢!"

"如今的世界,一切皆有可能。"K觉得小D终于说了几句靠谱的话。至于更多的不靠谱,到底是缘于世界还是缘于人,那就很难给出靠谱的答案了。车轮颠簸中,远处隐约已经有大桥的影子,K的头开始隐隐作痛,有点晕车的感觉,他发现自己这当儿最迫切的需要是一只呕吐袋。

"不管对环境的影响,这样瞎搞是会出事的!"前座的瘦蚂蚁也加入进来,"快树不仅会铺天盖地扩张,还会遮蔽阳光,吸光地下的水分和养料。用不了几年,它们就会挤占掉别的植物的生存空间,然后整个世界渐渐变成一个快树的世界。还记得去年报道的H国家自然公园出现的灾难吗?他们只是误将从快树提取的生长素混到了别的种子里,没想到那些植物全都出现了疯长的病态,结果导致五六平方公里其他植物的灭绝。"

一只刚刚还在大声调笑的蚂蚁忽然对小D和K说:"这是翼龙生物科技公司的新项目,他们打算在这一片山地做试验开发。"他清了清嗓子,"听说啊,还在去年年底,企业的立项申请就得到了批准。不过有专家认为,上马这类生物科技试验项目需要特别审慎,因为一旦出现失误,很可能酿成无法逆转的生态灾难。"

"清除杂草野花又种了树,不是一举两得吗?"一只小蚂蚁蒙蒙地说,"或者,把快树和别的植物隔离开来不就行了?"

"都什么幼稚园思维——"瘦蚂蚁皱了皱眉毛,"想想看,要是地球上只剩下快树一种植物,那将是一幅多么荒凉的景象!"

K 听得很是讶异,没料到那些看似不大正经的同学竟然知道这么多。

"你没事儿吧,"小 D 在 K 背上轻拍了拍,"要不要喝点水?"

"晕车了啊?我这儿有热水,喝两口就好了。"前座的瘦蚂蚁传来一个大号保温杯。

呷了几口,K 自觉好多了,除了脸色还是有点泛青——

"政府方面怎么考虑的?有关的专家呢,都到哪儿去了?"

"别想太多了,我们是谁?吃瓜群众。"一只胖蚂蚁说。

"项目潜在的危险太大,假如失控,吃瓜的我们也难幸免。"K 并不赞同。

"的确是这样,这关系到我们每一个人。"小 D 点点头。

"你好点了没有?""还有没有事啊?"几只蚂蚁围观起 K 的身体状况来,这让他有点不好意思也不大适应——一个孤独的伟大思想家竟然备受蚂蚁同学的关心关爱,接受着如此世俗的嘘寒问暖。

六

K 突然从床上坐起身,周围的一切都被黑暗笼罩着,正巧窗外一道闪电掠过,房内陈设在强烈的白光中呈现了几秒钟。K 似醒未醒,有些茫然地环顾了一圈:L 的打鼾嘶哑沉闷,一条腿支棱在被子外面,尖尖的脑袋却藏匿不见;R 和小 D 则睡得太死,几乎不发出任何声息,看来这场午夜突发的雷雨并没有对他们造成影响。

老蝉会不会仍在窗外窥伺呢? K 很想拉亮台灯——说真的,他还是有点害怕。尽管他对老蝉描述的那位喜欢半夜散步的林中魔王将信将疑,可眼下呜呜搅动的风雨,多么像他拖动斗篷游走时弄出的声响。K微偏了下头:左边床上有轻微的动静,那是小Q伸展手足从梦里醒来了。他的视线从天花板移到纱帘拂动的窗户,两眼毫无规律地眨巴着。

"你醒了?这几个家伙睡得真他妈死!猪头一样,这么大的雷都打不醒。"K多少有点夸张地说。

"来这儿的第一学期,暴风雨的夜晚更多,有的人睡得不是照样香,有啥奇怪的。"小Q耸耸肩,"只是有过这种经验的蚂蚁往往更敏感,雨打树叶或是屋瓦间的水流声就能让他们醒来,我不知道这是好事还是坏事。"

K挠了挠头:"是啊,那年夏天,雷打得更凶。雨也不是一般的暴雨,比现在的大,大好多。"

"他们其实也半醒着,并没有真正睡觉。"小Q压低声音,随后顿了一下,"包括L在内。他们实际上是在'眠',你知道什么是'眠'吗?"

"以前你仿佛,说起过吧?"K咕哝道。

"我理解的眠,就是以最低的清醒度留在现实里。这时,大部分意识仍在混沌中,小部分意识进入了梦境。"小Q语速很慢地说,"你不能说他们睡着了,因为他们的意识半醒着,随时都可能睁开眼。你知道的,K,这是一个态度问题,也是一个程度问题。就如同我们蚂蚁,究竟是该直立行走还是该爬行,这里面首先是怎么看,然后是选择。"

"呵呵,你这家伙,啥时候变得比我还深刻了?"K说,"弄不好,我这个思想家的名头就要送给你喽!"

"我还想告诉你的一点是,在你醒来之前,也就是说,在身体的本能把你唤醒之前,有一位朋友来过这里,或许是它把你弄醒的也说不定。"

"有朋友来过……这个怎么说?"小Q的说话方式,K很熟悉了,所以只淡淡一问。

"你还记不记得五年前,我们在旧墙垛后面看见的金色猫?"

小 Q 确曾提起过这只金色猫。五年前的 K 还小,甚至根本没到来巢穴上学的年纪,尽管记忆比较模糊,但来这里前一直待在家里的印象还是确定的。可小 Q 坚定地认为,他们很久以前就住在这里了,时间早在五年之前,那时他跟 K 就是好朋友好室友了。桥的南端、巢穴和森林、大小蚂蚁……随着细碎的往事被小 Q 连绵叙述出来,K 脑子里也一点点生长出对应叙述设定的想象或虚构——金色的猫,孤零零的断墙,一株雷劈开的老树干里藏着一只猴子,猴子光着橙色的屁股。巢穴不远处是烟波浩渺的大海,海里活动着鲨鱼、海龟和海象,伸入浅海的半岛上长满繁茂的热带植物……让 K 更加坚信不疑的是小 Q 右手食指上浅浅的疤痕,那是被一只小梭子蟹夹伤后留下的纪念。储存在脑子里的各种细节就像弥漫的空气,K 甚至不需要皱下眉头,就能立马吸入一些逝去了的记忆:

"断墙是用旧砖筑成的,年代比较久了,金色猫咪跟泥巴色很搭配啊。"

"我看见猫的时候,它正好从墙头跳下来,一条腿不小心被卡住了——不然我们也没办法抓住它。"

"嗯哪,估计是没啥东西吃,当时它瘦骨伶仃的,完全没有力气。"

"还有那只大蜻蜓,"小 Q 眼里闪出一种异样的光彩,"我们在小水潭边发现它时,它刚从幼虫变成蜻蜓,身体和翅膀都还那么嫩弱。它飞不了多远,而且飞行很不稳定,我俩跟随了一天,直到它变得强健起来。后来呢,它应该离开了桥南,到别处开阔眼界去了吧?"

"是的,我相信它去过,不过它今天又回来了。"K 语气陶醉地说,"美丽的小蜻蜓,不知道它现在长多大了,可惜我们再没有见过它——你呢,你看见过它没有?"

"我当然看见过,刚才不是说了吗?它没想吵醒我们,"小 Q 下意识看了看窗外,"其实我已经醒了,尽管仍然闭着眼。我清楚地感觉到,它在我脸上轻轻碰了一下……"

"然后呢?" K 忍不住催问。

"然后?然后它就飞走了啊,它不想多打搅我们……"

"那一阵外面的雨好大啊,怎么飞?它不可能飞的,即使飞也飞得摇摇晃晃。"

小 Q 用力摇头:"你错了,今天来看我们的蜻蜓和五年前的那只不同,它长大了,更重要的是,它的翅膀像丝帛一样柔韧。"

"像丝帛一样柔韧?"

"对啊,这不是一只普通的蜻蜓。"小 Q 的眼神明亮亮地燃着,"它是在一个暴风雨的夜晚变成成虫的,它来自桥的南端,它的寿命跟我们的不同——我们在它这样的年龄,还是一只幼年蚂蚁!我也无法判断它现在到底有多么强壮!"

雷暴和风雨并没有止息,它们用掩耳不及的速度掠过并击打大地,在那些呜呼呜呼、咯咯隆隆的噪音伴奏下,闪电这短路的台灯忽而又在黑暗中点亮整个桥的南端。可是小房间最终安静了下来:那些徘徊在浅"眠"里的小伙伴,此刻或许真正进入了深"睡"的安详;小 Q 趴伏在靠墙的木床上,身形在暗夜里半显半隐。缩回温暖被窝里的 K 很快迈进了梦乡——他不再是大地上蠕动的蚂蚁,而是一只轻盈的蜻蜓,在高远的空中展开两对透明的膜翅,搭乘着上升气流一动不动地滑翔,滑翔。

七

圆乎乎的 W 在去温室的拐角露了下头,他天生笑脸,嘴里不时习惯性地发出呜呜声,你无论啥时候看到他,都会觉得挺开心。最近的午休时间,车长总是在计算这个夏日阳光的浓度有多强。今天太阳凌厉地照耀着,许多新面孔的兄弟姐妹跟老蝉在一起,让它享受千蝉大合唱时的快乐和气势,好像整个夏季巢穴的配乐都被它的合唱团承包了似的。

W 就是在这一刻露头的。他身后还跟着 L,L 拽着他的尾巴,每当 W 前进或转向的当儿,L 也随着照做不误。不少蚂蚁虽然多次懵懂地参与了这个活动,但他们可能并不清楚自己是在搞什么,K 却从来都明明白白,这是巢穴里唯一一件以蚂蚁为组成材料和动力驱动的交通工具,大家约定俗成地叫它"快乐火车",因为蚂蚁们一看到 W 就很快乐。尽管眼下还只有车头和车尾,但是 K 知道他们正在招募成员啦。

"哎——W 哥儿 W 哥儿,我在这儿啊!"K 举起纤细的手臂大声喊。

W 圆脸上的圆耳朵忽闪了两下,收回刚伸出去的脚,折转到了宿舍门口——他当然知道是有人在拦车。

"K,是你在呼叫车长吗!"W 尽量保持表情严肃。

"是的,现在让我参加做车尾吧。"

"没问题,K 同学,"W 点了点头,"注意在快乐火车行驶的全程中,你要谨遵火车头……火车长的指示,不要擅自离开自己的工作岗位!"

"那现在我是车厢了?"L 欢快地扭着屁股,感觉这次自己升职了。

"跟好你的车厢,K 小鬼!"他操着上司的口气吩咐。

快乐火车开上了从宿舍转回花园的路线,担任车头的 W 鼓起腮帮子,全力以赴进行现场配音——从启动时呼哧呼哧的喷气声,到运行过程中的轰隆咔嚓嘭哧声,他都能即兴模拟并且胜任愉快,想到什么就配什么。这是个技术活也是个力气活儿。列车穿过阳光涂金抹银的大花园,里面的花儿开得喧腾而繁盛,色彩的鲜亮度远超 K 在美术课上使用的进口颜料的花样,它们是如此的招摇如此的炫目。一只大胡子蚂蚁手持一根可以喷雾的水管浇花，纷纷扬扬的水雾像微雨一样氤氲在空中，太阳甚至在这个小环境里造出了一道逼真的七彩虹。

"这儿是彩虹花园，不过我要告诉大家，咱们离目的地还远着啦。"W在解说的同时，并没有忘记穿插发出火车行驶中应有的复杂音效，"列车快要驶进绿色大草原了，我们要继续招募成员，草原的原住民们，有谁愿意成为我们队伍的一分子，快乐火车至少也得有……两节车厢才像话吧？"

"没错，只有一节车厢的车不能叫作火车。"K用一个"OK"表示赞同。

"我倒觉得，一节车厢也没什么不好。"L挠了挠头，"天啊，两节车厢，要是更多呢，那会怎么样？"

火车经过了彩虹花园，前面是一段略微有些倾斜的路，从这里通往绿色大草原。这段路不怎么好走，稍不小心就可能摔个跟头。下完坡路，风景忽然变得开阔了：一条片石小路蜿蜒伸出去，满目绿色的草场上，为数不少的蚂蚁来来往往忙乎。草场尽头有一栋巨大的平房，那是巢穴的户外食堂。再继续行驶，列车将进入一条穿山隧道，大山后面是一个什么样的世界？这显然需要蚂蚁们自行去发掘寻觅。

火车慢速行进，W没发现什么熟悉的面孔，然而对成员的吸纳一刻也没有停止。不过大草原总能给予你想要的资源：还没有穿越完草场，车厢便增加到了十五节以上，也就是说，快乐火车已有近两百只新蚂蚁加入。就在这时候，K看见了那个坐在马厩旁一动不动的影子——

"原来是M先生……天气这么热，您怎么一个人待在这儿？"

阳光直射着老M的脸，皱缩的前额汗液流淌。

"M先生，不要再沉思了，请加入我们的队伍吧。"W的圆脸上仍旧带笑，嗓音却干巴巴的。

"加入你们,加入你们什么啊?"老 M 迷惑里带点惊讶。

"这是课外活动的新项目,"W 说,"就是利用自由活动时间,邀请老师和同学们玩快乐火车。如果您愿意,就请跟我们一起——"

老 M 有点结巴地说:"实在抱歉,我只听说过悲伤火车,哪儿来的快乐火车?"

"悲伤火车?"W 的嘴一下变成了 O 形。L 和 K 也一脸茫然。

老 M 是巢穴元老,桥南大名人,就在这里,他从青年待到了老年。后来不知受到什么刺激,他变得寡言少语、离群索居,巢穴高层就提前让他离休了。

"事情是这样的——"老 M 不紧不慢开口道来,"多年前,一群新同学组建了一列火车,那时的参与者不多,可是却游历了巢穴周围很多未知的危险区域。就我所知,从绿巨人花园、僵尸大草原、地狱隧道、魔王峡谷直到无名大山后面的暗黑沼泽、迷幻森林都留下了它的轨迹。不过这列确实存在过的火车知道的人并不多,听说过悲伤火车名字的人更是少之又少——因为这个称呼是后来才有的……"

老 M 的叙述让听者震撼又忧伤,这来自他语气中流露的某种不祥。不出所料,蚂蚁火车出现的时间没多久,它很快走向了悲剧结局——

"悲伤火车事件无疑是一次灾难,确切地讲,这是一次至今未解的诡异灾难。诡异的最简单表述是,我们不知道发生了什么:火车在一个阳光明媚的早晨出行后再无消息。就像一滴水融入大海,一个膨胀的气泡倏然破碎,一缕轻烟随风飘逝,这列车在大白天消失得无影无踪,未留下一丁点蛛丝马迹,就像它从未在这个世界上出现过一样(要知道,那可是上百只蚂蚁啊)。"老 M 停顿片刻,瞟了一眼面面相觑的听众,接着往下说:

"这桩火车失踪案在当年轰动一时,警局为此成立了专案组,成员有来自北方主巢的专家，有本地最精干的刑警。他们不惜动用大量警力，沿着火车曾经或可能行驶的路线，像篦子篦头似的反复搜寻，结果一无所获，几乎没发现什么可疑的痕迹。"说到这里，老 M 一脸无可奈何的悲戚："从一定意义上讲，悲伤火车的性质是探险，探险意味着未知，意味着某种危险，所以这个，怎么能随意定义为快乐呢？即使你游历了很多地方甚至走遍世界，积累了足够丰富的经验，也不能说你就所向披靡安全无虞了。在路上，每个人都需要跟别人、跟整个集体合作，车头车厢车尾要相互联系相互照应团结协作。在某些关键节点，一丝丝疏忽或自以为是就可能引发事故甚至酿成大祸。"

"您说得当然很有道理，"W 一边思忖一边挑选词句，"只是我觉得，即便探险也是快乐的，不然我们为什么做这个呢？再说了，现在的环境跟当初前辈们面对的显然不一样了，当年的巢穴周围的确可能存在很多未知的东西，也就是您说的危险吧？不过在多年以后，世界已经发生了太大变化，所以我们，不应该完全用过去的经验来判断行事。当然这算不上什么见解，只是一点浅薄的感想，希望您老能多多理解包涵。"

老 M 挥了挥手："请不必再说，我知道自己老了，刚才的那些思虑在你们看来或许是迂腐可笑的。这也正常，毕竟是另一个时代了。情况可能是这样的，当年的蚂蚁火车的确跟今天的快乐火车不同，你们更偏向游戏娱乐，而悲伤火车呢，则属于真刀真枪地实干。所以，你们不太可能遭遇那么多的危险。我有点过虑了。"

"您的故事和忧患，对任何时代的人都是有用的，谢谢您的苦口良言。我们的行程还远，得先走一步了。"W 说完，和 K 一起低头弯腰，向前辈致以鞠躬礼。

快乐火车加快速度继续向前。

八

快乐火车继续向上行驶。

K 在大楼里闻到一种气味，非常熟悉的气味，就像所有宿舍都有的，令他们远离教室和作业，甚至快乐火车角色的扮演，回归宿舍生活的独特味道。别的蚂蚁却并没有注意到，他一度以为这是个陷阱。

"往前，左转，让我们看看这层楼里有什么。"W 发出指令。

他们顺着二楼的走廊前进，大门内有热腾腾的蒸汽涌出来——这有点冒险的味道了。K 跟 F 所在的车厢进入了防滑瓷砖镶嵌的淋浴间，啪嗒啪嗒的滴水声响在每个人耳道里。这是高年级宿舍的公共澡堂，眼下澡堂里空无一蚁，可灯光照样雪亮着，蒸汽照样朦胧着。

"这多像雾气森林！"F 刚开口就纠正自己，"不，这就是雾气森林，好多热带植物和丛林猛兽！这喷出的水好烫，要不我们干脆洗个澡吧？"

"怎么搞的，水都溅到我身上了！哎哟，"L 一下子蹦得老高，"F 老爷，我今天才换的衣服噢！"

"没想到这里藏着毒雾森林的入口，"W 煞有介事地说，"不要被雾气迷惑了。列车还要去探索更完整的世界地图，既然发现了秘密，大家可以撤了。再往上，看看山顶还有些什么玩意儿。"

撤出澡堂，火车爬上三楼。这层楼有很大的洗衣房，还有两台报废的巨型洗衣机，一个偏右一个偏左地歪斜着。一群探险家上去，摆弄了好久也不见启动，干脆把它们四脚朝天推翻在地。三楼也有部分宿舍，走廊尽头有公共卫生间，K 进去撒了泡尿，从窗户望出去，可以看到不远处有一棵孤树，一根干瘪的黄瓜挂在枝杈上，不能确定它到底挂在那里有多久，承受了几多日晒雨淋。

"现在，让我们冲向山顶吧！"车长鼓足了气吆喝。

没说的，火车直冲楼顶，略过了四楼五楼，登上了五楼天台。楼顶四围有矮矮的铁丝网护卫，然而有恐高症的K仍旧腿脚发麻，全身绵软。热风掠过脸面，掠过盆栽——蚂蚁们只认识其中的芦荟，那是科学课老师告诉他们的。楼道口有只大鱼缸，四四方方颜色灰黑，里面空无一物，恍惚望去就像盛了一缸黑水。

"嗯，我想起了古人砸缸救蚂蚁的故事。"K看上去若有所思。

"好宽敞，好舒爽，只是太阳有点晒。"F用手掌扇着风，"山顶的感觉果然不同。"

"只是一座不入流的小山罢了，各位，"W拉长声音说，"不要留恋山顶的风景，快乐火车今天的目标是，那座大山！"他抬手指向几百米外的食堂。

"告诉我你们是快乐火车够格的成员！"W对几个不知进退的小蚂蚁嚷道。

长长的列车来了次艰难的倒车，他们从五楼撤下，除了在门口被一只阿姨蚂蚁盘问，一切还算顺利。火车驶过绿色大草原的边缘，来到另一座大山入口。食堂大厅窗明几亮，桌椅摆放得整齐划一，磨砂瓷砖地面纤尘不染，几乎可以看见自己的倒影。

"啊哈，食堂这会儿太清静了，我们开进来做啥？"F侧着头看向W。

"我们的目的是登顶，这座山上的风景应该更好吧？喂，谁清楚紧急通道在哪里？"

"哎，有没有人想去食堂超市？"L突然自动和车头分离了。

"怎么回事怎么回事？你擅自退出了？"

"我不是退出，只是……只是我口渴，好想喝一瓶饮料。"

"我也口渴——"F跟随了，"有没有巢穴特产橘子汽水？不过我只有十块钱。"

妥协的结果是，W作为车头和车长，决定动用课外活动公款——快乐火车基金，为每个成员买一瓶橘子汽水。

"饮料马上发给大家，然后来一次即兴比赛！"W拍了拍K的肩，"以车厢为单位，哪一组最先喝完汽水，就当选月度最佳车厢！"

"主意不错！"F说。

"我赞成！"L举瓶示意。

W"开始"的口令还没有落音，开启瓶盖的嘭嘭已响成一片，大家争先恐后，一个个饮料瓶很快见底了。只有K不紧不慢地喝着，好像没有参加比赛的打算。

"我第一！"L和几只蚂蚁同时举手，"最佳探险队员是我了。"

"我们评的是月度最佳车厢……"W大着舌头解释。

"这个没有冲突吧？既评集体又评个人，不是更加完满嘛！"F站出来提议。

"嗨，请注意，月度最佳探险队员自然是你们的老大，火车头！"品完饮料的K泼了勺冷水，"我建议用投票方式评选月度最佳车厢——"

"不错不错，投票评选更公平。"见平时散漫的K力挺自己，W有点喜出望外。

"我说，你们还要不要登山了？"有蚂蚁不满地敲桌子，"不想去看山顶的风景了吗？"

"登顶当然第一重要，"W终于清醒过来，"等下来再来考虑评选的事吧。"

列车重新启程，安全通道很快就找到了，扫兴的是入口挂了把大铁锁，只能从缝隙瞅瞅里面的阶梯。W还没来得及表示失望，食堂的铃声就响起来了——

"呵呵，开饭了。"W苦笑着挠了挠下巴，"一座道路封闭的大山，快乐火车的运气不怎么样啊!"

"放松点,车长,"K 安慰说,"会有办法的,我们的难度远不及悲伤火车吧?"

"会有办法,一定有办法,"W 恢复了轻松的表情,"我不能任由情绪左右。哦,大家先吃饭,吃完饭我们去魔王的洞穴!"

九

环抱巢穴的丘峦,遥立远处的山脉,本来寻常的风景因为白色巢穴变得不同了。原野里少量金黄的稻田,沉甸甸坠弯了茎秆的谷穗,它们曾经是一粒粒多么小的种子啊,如今终于结出了果实,上面又有无数的种子。一切都有开端和结局,这让 K 想起了他初来桥南的某一天——

同桌 H 正靠窗呼呼大睡,而他正低头整理课桌抽屉——那里面胡乱堆积着一些杂物,还有随后看见的一个绿色的玩具。哦,不是玩具,是一只活生生的螳螂,一只举着夸张大长臂和瞪着圆鼓鼓大眼睛的螳螂,以前他只在画册上见过这玩意儿!

K 用两根手指轻捏住螳螂的身子,它两只大圆凸眼上各有一个芝麻大的小黑点,看上去神情呆滞,有点不知所措。不过它那锋利的武器,两柄酷酷的大镰刀让 K 感到小害怕——好在小家伙没怎么挣扎,只是象征性地蹬了两下腿,不知它是真的很呆还是很自信呢?

下课铃响完,半边脸睡出红印痕的 H 第一个见证了这只螳螂。

"我的妈呀!"H 一边惊呼一边揉他的小脸,"蚱蜢蚱蜢,一只蚱蜢,我原来抓过。"

K 高举起他的宝贝:"看清楚了,H 同学,它不是蚱蜢,它是螳螂!蚱蜢没有帅气的大镰刀。"

十几只小蚂蚁围护着螳螂，在老师眼皮底下离开教室，来到底楼走廊上。走廊尽头通往操场，操场边有一条长满杂花草的小路，顺小路百米左右就是巢穴的4号门，收发室里坐了个穿灰汗衫、一头卷发的门卫。

门卫很专心地抽烟，并未留意到教学楼那边发生的好事——一小群蚂蚁正在围观一只螳螂。

K细心掐住螳螂（力道不能太轻也不能太重），同时还得提防周围蚂蚁们的推揉，他不时将小螳螂举到高处，以免它受到触碰。就在这时候，一位触须凌乱、衣服脏兮兮的蚂蚁G突然从圈子外围挤进来：

"你应该放这只螳螂自由——"他伸手搭住K的肩，用一种极不自然的严厉眼光瞪着他，声音里仿佛酝酿了很久的怒气。

"你谁啊，有这样说话的吗？"

"我叫G，坐在教室的最后排。"

"是它自个儿跑我抽屉里来的，再说这跟你有啥关系？"

"没关系，我只是要你别把它捏坏了。"

周围的蚂蚁开始对G起哄，不知从哪里伸出来的几只手抓住G的衣领，要把他扯到圈子外层去，他们可不高兴一只蚂蚁搞坏了一群蚂蚁的好事。

"自由万岁！"附和G的蚂蚁出现了，这类蚂蚁的位置大都在圈子外层。更搞笑的是有刚加入看热闹的角色压根儿没弄清楚是咋回事，就开口大声嚷嚷："释放蟑螂！给蟑螂自由！"

G脸上涌起一片猪血色，他跳起身挣开抓扯自己的手，瞪大眼咆哮了几句难听的话，那几只手就像受惊的蛇似的缩了回去，再不见踪影。

"一帮傻蛋，还让不让后头的人看了？"圈外看不见的蚂蚁不耐烦起来，他们开始推挤前排的蚂蚁。被推挤的蚂蚁跟随反水，一致要求K把螳螂放下——他们指责K太粗暴，搞得它很难受。K扛不住大多数蚂蚁的抱怨，于是挥手示意围观者们退后，然后蹲下身慢慢松开手：着地的螳螂直立起来，惬意地扬了扬自己的武器。灰绿的螳螂和仿大理石浅色地砖反差明显，可惜它的身板实在不够高大，若视力不怎么样，就只能看到一抹绿影在轻轻移动。

螳螂不紧不慢，爬几步又休整片刻，打量一下周围，没发现什么威胁，便又抬腿前进一小段。不知它是否察觉有一个小蚂蚁组成的大圆圈正在以它为中心移动？或许它知道但并不在意。

"这是只男螳螂还是女螳螂？"脸色红润的Y同学问。

"嘿嘿，我只听说，男螳螂会被女螳螂吃掉，"G一脸怪笑，"它们结婚洞房一夜后，女螳螂就要一口一口吃掉男螳螂，就像吃大餐，哈哈，哈哈哈。"

"是男的吧，"K肯定地说，"从表情就可以确定。男的没女的聪明，才会被当饭吃，你看它的面相好呆钝。"K其实有点佩服它的淡定和无所谓。

"它能听懂咱们的话吗？"

"螳螂的智商显然低太多了。"

十分钟后，螳螂到达了走廊边缘，快要脱离蚂蚁能控制的范围了。这小昆虫突然止步不前，从它试探性的用足动作看，很难说那小脑瓜不是在思考——它是不是在想探测悬崖到底有多深？目测教学楼的基座，有二十来个螳螂叠罗汉叠起来的高度。

"小心啊，它要跑掉了！"G的声音里显出慌张。

"不是要给它自由吗，让它走吧。"K说。

蚁群里响起一片嗡嗡声，可他们都听不清自己说的什么。G冲到了台阶边，矮下身打算去捉住螳螂。

"G，你这个大骗子，你想干吗？"K大声质问。

"快抓住它G,我借给你塑料瓶!"挺G的黄蚂蚁边喊边跳脚。

"G你敢把虫子带进教室,我就告诉班主任老师。"女学习委员警告。

"螳螂急了也会砍你的G,当心它的旋风镰刀斩噢。"H兴奋地提醒。

这些声音对G来说如同风过耳,他的注意力完全放到了螳螂身上。他早就看中了这个宠物,尤其是那对具有质感和力量的绿色大镰刀,他不在乎别的蚂蚁说什么。没想到的是,书呆子K居然一手朝自己抓过来,他要阻止这个撒谎的G,甚至不惜跟他打上一架。

最后时刻,螳螂回头乜了一眼正接近自己的手,一只指头尖细不太洁净的手。千钧一发之际,它闪电般夯开了前后翅,皮翅和透明膜翅划破空气,发出不易察知的振动,可是在蚂蚁的第六感里却声若雷霆。

"我的妈呀!"G细弱的头发全竖直了,身体一下子弹起来老高。不过他不是可以驾筋斗云的孙悟空,起飞的螳螂很快融入透明的蓝天,肉眼难以追踪——它一瞬间便弹射、飞远、消失了。

G从意外的惊吓中清醒,气急败坏地跺了跺脚,围观的蚂蚁纷纷发出欢呼,也不乏责怪G出手太慢的。K也有少许失落感,不过这跟G的惋惜和垂头丧气不同,失落里反而带着点窃喜。

上课铃响起来,蚁群很快作鸟兽散,只剩下K还留在原地望着远处,那是校车从主城开来的方向。几分钟后,他发现身边多了一个同类:干净的寸头,颀长的身肢,没有一点陌生感的、温和清澈的眼神。被他注视的时候,K能从中察觉到好感和善意,让人确信跟他很早以前就已经认识了。

"在这之前,你不清楚螳螂会飞吧?"他眨眨眼问。

"是的,"K想了想说,"蚂蚁们可能很少有搞明白的,但我也记不起生物老师讲过这个没有。"

对方点点头,两只手揣在兜里。

"我们是一个班的吧,是吗?"K有点不确定。

"我叫小Q,你知道的,"男孩说,"我还以为你……我早就认识这种螳螂,就在这儿,桥的南端,特有的土著品种。"

"桥的南端……土著,你确定是这样?"

"我上幼儿园时就来过这里,路上不是要经过一座很长的大桥吗?这学校位于桥的南面,所以被叫作桥南。"

"哦,是这个原因?"

"是也不是。因为这里就是桥的南端。"小Q有点咬文嚼字地说。

"我们走吧,上课会迟到了。今天有风,那只螳螂会飞很远很远的。"他又说。

在他们说话的当儿,螳螂飞出去已经不知有多远了,这是它出生后第一次离开桥的南端,正像K出生后第一次来到这个地方一样。这引发了一个新的开端,或许是一个契机,因为它有了时间和方向,说不定还能幸免于被母螳螂吃掉的危机。当然了,谁知道那对它来说是危机还是幸运呢?

十

"嗨,K仔,你在想什么啊?"同桌H一巴掌拍在K肩膀上。

K受惊地抬起头,接过前排F传过来的考卷,上面密密麻麻列了很多题目,还有一股嗅起来并不舒服的油墨味。

"噢,没事,"K吸了吸鼻子,"只是想起以前的我们,是没有这么多乱七八糟的考试的,这得有多浪费纸张啊。"

室温似乎有点低了,K不得不披了件衬衫在身上。看看窗外灼烫的阳光,觉得把冷气开得太强简直是一种浪费。教室里原本的喧闹在试卷发下后安静了，S老师直着腰站在讲台上，眼睛藏匿在变色镜片后，不知是在扫视考场还是在走神儿。

那些陌生的题目让K心烦意乱，如同面对纱帘后隐约不明的景色，似乎触手可及，却又不得其门而入。在记忆和思维相互缠绕的大脑皮层上，混乱的知识点和逻辑路径一会儿显现，一会儿又消失，好似在他眼前或耳边萦绕的蝇蚊，携带着颇具催眠效应的碎响。连老蝉的鸣叫声也叫人心生烦躁了，还有巢穴周边随风招摇的小黄花小白花，那沟坡间生生不息波浪般动荡的杂草……他听到的并不是老蝉的鸣叫，而是老蝉的父母兄妹子孙后代远亲近邻的声音，它们的吟哦或许更绵长更优美更养耳更有耐心，然而老蝉呢？老蝉呢？

可以看见前排的前排，那两个伏案疾书的背影：F和T。他们正心无旁骛地答卷——不知他们的大脑和手臂是否被设定的程序牵引（K目前是这样认为的），否则正常的蚁族不可能如此投入并达到这样快的速度——除非他回到了真正的蚂蚁时代，同时拥有六只手或是六只足的时代。那时的蚂蚁是真正的动物，敏捷，有力，原始，原始得还没有发明出纸张，更别说在纸上书写了。五花八门匪夷所思的题目，各种语言数字、定理定义公式和图形，各种逻辑演绎运算推理抽象概括……你必须记牢浩如烟海的知识并懂得如何应用引申创造性发挥，不然结局只有一个：因分数太低屁股被打开花。当然喽，这种花的开放是不分时间地点季节的，想到这儿K嗨嗨傻笑了几声。

"奇怪，那些题他怎么根本没做呢？" K的眼光移向同桌的卷面——H一直在奋笔疾书，他的字潦草凌乱，墨水四溢，几张卷子都快写完了！但K觉得H并不明白自己在写些什么，他只是想把卷子填满而已。

"嘿，别这样看我好不好？" H显然敏感到了K的不解，于是有点羞赧地说。

K白了他一眼，收回视线不再关注。左边高大的铝合金窗户滑动起来摩擦声刺耳，凹槽里不时有几只翘辫子的小虫，蝉鸣透过布满金绿光影的玻璃窗传进来，教室里只听见空调输送冷气的运转。K端坐着，肩手自然下垂，他看见空气中明灭的尘埃，黑板上越来越模糊的文字，然后察觉教室乃至整座教学楼的微微颤抖——是地应力，地球引力，轻微地震还是别的不知名的力？

不管是什么力，他反正都悬浮了起来，漂移着，距座椅大约一分米。瞬时间，一切都停止了：S老师抬起右手，正想察看腕表；填满了试卷的H闭眼打盹儿，一丝口涎将滴未滴；F捏着带擦头的铅笔，神色谨慎；T则满头螺旋状卷发，钢笔捏得像要脱手一样。

这是神迹或是幻觉，不过传说中的蚁族真的拥有比现在强大千百倍的力量——远古时代的世界灾难频仍，冰冻雨雪，海啸雷暴，巨型食肉动物一只脚便能踏毁一片丛林，但看似弱小的他们却生存到了现在。直至今天蚂蚁仍体力惊人，他能举起或搬运超过自身体重几十以至几百倍重量的物体！关键是那个时代，蚂蚁真的不需要做这么多的试卷。

"远古时代，蚂蚁们没有考试！"科学老师曾斩钉截铁地宣告。

真相就是如此残酷，没想到才过去短短几十个世纪，蚂蚁们也无能到这种程度了。K固执地认为，要是有足够强大的体能，就不必花费太多工夫去琢磨这样那样的技巧和方法，直接把问题解决掉就行了。比如烈日暴晒下的蝉，要是他们有灵敏有力的身体，哪里还用躲在树荫里闷声闷气地唱歌呢？同桌的H同样，之所以对课程一窍不通依旧勉为其难地在试卷上写下答案，原因就在蚂蚁们越来越文明了。

十一

巢穴后面的那座大山被当地人叫作西山，它是附近最高的山，上面植被稀少，几乎全是险峻的大石岩和小石块构成的。没有谁想到去利用这些石头，最多是用它们垒了几道院墙。蚂蚁们坐公交车来的时候，西山脚下车站的官方名字就是灰石坡站。还有人问桥南的称呼是啥时开始用的，这不消说跟大桥落成有关了，如果没有这座大桥，现在的桥南也许还是偏僻的地儿呢。

老蝉说，他第一次听到这个消息时也很惊讶，他甚至不知道，西山上还有一座火车站。脸上的表情带着一种原住民理所当然的无知。您见识过西山四周的大风吗？它们吹过来，像是这片寸草不生的石山的一道影子似的，把什么都刮走，刮起来每时每刻都能听到那种声音，仿佛里面藏着许多爪子和发疯的蛐蛐似的。所以即使您有翅膀，也不可能飞过来，灰石坡站是唯一的交通方式。

K眨了眨眼对老蝉的话表示赞同。小蚂蚁们到巢穴周围远足的时候，西山无疑是一个令他们感到乏味的景点。至少在他的眼中，就是一片石山。他迈开步子走进石山，感觉到周围一片荒芜，像是一片旷野，其中有他们零零落落几个人。K站直了身子，他想，这片地界不可能只有石头和灰尘，于是眺望着远处，皱起眉头，眯着眼睛，似乎透过空气看到了一点什么。

小Q跟在K的身后，他们背着包往上走了不知道多久，穿过了看似没有边界的石山，来到一条铺着长长铁轨的道路上。这条铁路曲折地躺在旷野中，一直伸向远处，和更多连绵的山脉接壤。K眺望着四周，可能有什么东西在吸引着他，他一直伸着脖子，直到感到酸痛之后，才低下头来看着路面，路面上的影子缩成了一小团，围绕在自己的脚下。K

抬起头，前后看了看，又犹疑了一会儿才向前面走去。

西山的风不断吹来，时大时小，忽而从前扑来忽而又从后方撞来，K不得不将两只手抱在胸前。突然一阵强风从头顶吹过来，他又只好低下头，用手臂和触须遮挡住面颊，四只后腿费力地支撑住身体。风速不断攀升，几乎形成了一道无形的墙壁，阻隔了他们的去路。于是两个人便努力在风中站稳，然后尝试着迈开步子前进。K侧着头，紧紧闭着嘴和眼，迎着风，艰难地往前挪动着步子。然后这风又停止得毫无征兆，他们前一刻还在抵抗的东西突然就不见了踪影，小Q近乎跌了一个趔趄，好不容易勉强站稳了。

K放下手臂，长嘘了一口气说："多老的火车站啊，我还记得五年前，坐蒸汽火车来这儿的时候。"

"好吧，我可不想扫兴，但是现在已经出现了一种新的火车，"小Q说，"所以我们按照蒸汽火车为蓝本的快乐火车计划可能要重新设计了。"

"你是说，蒸汽火车就一无是处了吗？"K说，拉大了嗓门。

他们的耳畔划过风声，还有石头和石头碰撞发出的砰砰声，但两人对此充耳不闻，他们仿佛只关心眼下的路，那铺着铁轨的道路。K还记得蒸汽火车到站的时候，有铃声在铛铛敲响，他从窗户向外望，路面一段、一段地后退而去，他很认真地盯着路面，直到路面与天际交相重合，他遥望着天际线的那一端。K定睛看了一小会儿，然后仰头望着天空。

"那么现在它还会要带人去向什么地方呢？"K说，眨巴着眼睛地瞧着四周，好像发生的一切让他感到有点不可思议。

"你没听大蚂蚁说吗，现在它开始变成一座货运站了。"小Q说。

确实，情况似乎又有了新的变化，整个桥南不再仅仅耸立着一栋巢穴。森林中开辟了新的小道，后山的空地上，开始修建一种叫作航站楼的建筑，因此，灰石坡站很快也不是唯一的交通方式了。K 知道这些变化迟早会来，他已经从报纸上、电视里、蚂蚁们口中提前预见到了点什么，他们说整个城市在变成一座熟悉又陌生的迷宫，桥南只是这些翻转环节中的一部分，不会有例外。

于是 K 最近睡觉之前经常思考，他夜里老是做梦。

K 梦到大地在震颤，他发现自己到了一个好像非常陌生的地方，他看着眼前枝叶繁茂的树林，树上长满了细长的树叶，脚下是柔软的草地。K 环顾四周，他无法分辨现在的时辰，现在到底是黑夜，或是凌晨？他只能通过耳朵听到的树林被风划过的哗哗声，确认自己还未离开树林。

所有角落都被漆黑的夜色所吞噬，他有点害怕，然而，黑暗中有一点光亮起来了。K 感觉到那一丝光源的热度，在他前方的某片树林和石山里，或是平静的湖面上。他没有任何工具，只是靠肉眼，凭第六感辨识着方向。湿润的水汽从他两侧飘过，是雾，它们在黑暗中无依无靠地飘荡，像一大片深色的乌云。

K 想，原来这里是桥的南端。蚂蚁们欢迎雾，也欢迎乌云，在桥的南端，它们代表着一场大雨、草叶上的霜花，代表着一种自然的降临，只有喜悦，没有意外。

但令他眉头紧锁的是那处有热量的光点，他看到它自树林深处发出的微弱光芒，K 并不需要它。它是一个冒失的闯入者吗，像一只犀牛鸟非要在鳄鱼的牙缝间跳舞；它是一个入侵者？偷偷地想在这片树林内筑巢。深蓝色的夜空中有一群亮眼的寒星闪烁着，K 想，这就够了，他只希望从远处静静地望着它们，如果有一颗星星离他太近了，是不能接受的。

甚至天空泛起了一股涟漪，有几股蓝色的波纹在几颗星星之间扩散开去，K 觉得这一切都是天空中的幻象。在他小时候，树林还是很多奇形怪状的树杈，插在泥巴地里，那片大湖是一块裂隙丛生的荒地，仿佛皮肤被划满了伤疤。K从没有埋怨过这片原生态的自然有多么糟糕，上天多不公平，他只看到一切都小心翼翼地自我经营着：动物们在祈祷，小草埋下种子，大地收集着雨水，从一口空荡荡的坑洼变成了一片湖，似乎它知道自己的使命似的。

当然，他在梦里可没有陪伴，只能听到自个儿轻盈的脚步声。终于，他离那片光相当之近了，光线愈发明亮，照亮了他苍白的银色脸颊。K看到那颗光源了，它是一个光团，没有固定形状，仿佛无数只萤火虫聚成的集合体，幽幽泛着白光。这颗星星生来有着亮眼的颜色，K估摸着要三个他才能环抱起来，它不是一个纯粹的整体，四周环绕着许多飘浮的光屑，它一动不动地蹲在两棵树中间，不知道是不是疲惫了。

K迟疑地伸出手，放在光团上，有一股淡淡的热量，如同人的体温那样。那些光屑亮晶晶的，像清凉的冰块，K觉得它们能起到调节温度的作用，防止光团过度发热，失去了发光的意义。

"好吧，它看上去很漂亮，像是神的意志下落到凡间，"K说，"不过我才不需要你。"

光团好像听懂了他的话，光芒变得黯淡了。

"你应该待在上边，知道吗，"K自言自语似的继续说，"可是我知道，你最终还是会把整个森林都照亮。"

十二

傍晚阴沉天空下的巢穴笼罩在乳白色光晕里，操场左侧的台阶上，蚂蚁Z在冷风中来回倒腾着触须。K双手交替揣在袖筒里，缩着脖子呆望铅灰的天空——他多次读到过蚂蚁们在冬天战胜冰雪女妖，或是不勤劳不努力的蚂蚁冻死饿死的故事,并且喜欢将自己设想成为故事里的某位角色,而不管故事是来自寓言、童话,或者一首诗。

"既然是晚宴,"Z的两个触须晃荡得更厉害了,"我想肯定跟寻常的晚餐不一样?应该有好多精彩的大菜、花样小吃、酒水饮料和五颜六色的糕点吧?"

"夏季突然降温,这种情况很少见啊,天气预报说是寒流——"K并未回应Z的馋涎欲滴,"难道是森林里的冰雪女妖又在作怪?老蝉说她从没有安分过,一有机会就要出来兴风作浪。"

"嗨嗨,你刚提天气预报,马上又来一位冰雪女妖。"Z翻了个白眼,"电视里是这样播报的:毛子国鸟不拉屎的地区有'罕见干冷空气'大规模向南侵袭,咱国的北部、中部和西南部地区将会出现大范围急剧降温和偏北大风。"

K呼出一口白气:"你重播电视节目干吗,毛子国离我们这儿至少有上万公里吧,这么遥远的距离,真能确认降温跟那片区域有关?就算有这方面的因素,也不能忽略冰雪女妖出山作祟的可能!我和小Q待在桥南的时间比你长,如果多了解一点附近的居民的生活,你就会承认,冰雪女王的故事并不仅仅是一种传说。"

"你说的是巢穴周围种田的人吧?我不清楚他们是'冰雪女妖'的忠实信徒,还是春节放十万响鞭炮要赶走'女妖'的农民。"

"照这么说起来……你并不认为,放鞭炮驱赶'女妖'也是一种'信'?"K认真地看向蚂蚁Z。

小Q穿一件靛蓝运动绒衣,迈着小碎步朝这边走来。他身后是浑圆的巢穴,上面点缀着一圈圈温暖的橘黄色灯光,再后面则是阴云密布的天空下潮汐般涌动发声的森林。离得近些的巢穴犹如一只巨型的UFO,孤零零印衬在高山密林灰黑的背景上。

"你来得正好,"K 向小 Q 招了招手,"我和 C 正在讨论寒流的问题。他更愿意相信科学的解释,可身为半个巢穴原住民,我认为森林'冰雪女妖'的魔法也不能忽视。能否谈谈你的看法?"

"非常荣幸,能和你们一块儿讨论。不过朋友们——"小 Q 用拇指点点身后,"眼下最要紧的事情不是冰雪女妖,你们不想因为迟到坐在一个糟糕的位置吧?"

Z 立刻从台阶上跳下,仨人勾肩搭背往巢穴方向小跑而去。

高大明亮的餐厅里已经蚁满为患,他们运气还不算太坏,找到了几个差强人意的座位。晚宴规模完全超出 Z 的想象,张灯结彩的穹顶下,排列着数以百计的长方形餐桌,每席可容纳四十余蚁。音响里播放着轻柔的音乐,桌上只有几种开胃的凉菜,讲台上有几只大蚂蚁来来去去。很快音乐暂停,一位巢穴的头面人物登上讲台致辞,几轮鼓掌后讲话结束,热菜一道道上桌,晚宴正式开始,Z 对自己蹩脚座椅的抱怨也不再继续。餐桌上堆满了大盘大碟的卤肉牛扒、熏鱼山菌、炸鸡烤鸭、馅饼面包和点心,还有大盆的烧什锦,盛满不同食材熬制的鲜热浓汤的搪瓷罐子,当然更有几十上百种饮料。那些花花绿绿的包装和繁杂的名目弄得 C 眼花缭乱无所适从,在他还没有品尝多少美味的菜肴之前,各色酸酸甜甜的饮料已经胀饱了他的胃、弄晕了他的头。

这就是传说中每年夏爽节,巢穴内部举办的一次款待全体小蚂蚁的晚宴,初来者一般都会大跌眼镜,因为没有谁会想到宴席有这么隆重豪华这么热闹丰饶。这是暑假前的一次放肆饕餮,一次集体狂欢。成千上万只蚂蚁聚在一起,音乐旋律流泻,蚁声喧腾,影影绰绰弹跳的影子,摇曳多姿的灯光,叮叮当当清脆碰响的餐具和杯具,男蚂蚁跟女蚂蚁的窃窃私语,一切潮水般的声音交汇成一片。G 一脸坏笑,从夹克兜里掏出一只造型精致、盛着琥珀色液体的小玻璃瓶,L 伸手搭在他肩上,眼里放射出亢奋的光芒。

"不会是传闻中的那个东西吧？"K挠着头想。

"唉，我他妈吃得太撑，快不行了！"Z一边揉着胸腹一边呻吟，太多的饮料和肉类点心菜肴撑垮了他容积有限的胃，使得他不堪重负难受万端。还是旁边的小Q看不过去，给他开了一管富含消化酶的口服液，几分钟后，Z的痛苦总算得到了缓解。

"我的妈呀，以后再也不敢这样大口进食了。现在你们俩，是时候告诉我'冰雪女妖'的事情了。"Z嗳着气说。

小Q挑了一小块鹅肝细细品嚼："'冰雪女妖'，你瞧，她名字里带着'冰雪'二字，又是女妖，说明她有操控冰雪的魔力。"

"也可以说，她是属于冬天的，是寒冷之王。"K补充说。

"她跟魔王是什么关系？是不是魔王的手下？我的意思是，难道比魔王更可怕吗？"C打了个口气难闻的饱嗝。

"你是怎么看的？"K也看了看小Q。

"这还用说，大魔王显然比'冰雪女妖'等级更高。"小Q说，"不过这是魔兽世界的秘密，而且听说冰雪女妖只在冬天出没，我也只是远远地见过一面。"

"你见过'冰雪女妖'？"Z的身躯震颤了一下，又打了个嗝。

K眼角的余光瞥到不远处的G，他两眼放光，正得意扬扬地把小瓶里的液体滴几滴到威士忌杯里。W端起来用舌尖蘸了一点，面颊即刻绯红，并且猛烈而无声地咳嗽起来。K明白他们在干吗，G偷偷携带的是一瓶白色蚂蚁酒，喝这种烈酒可是严重违反巢穴规定的，弄不好可能会被课以最严厉的处罚，那就是除名。K亲眼见到过这酒的威力，即便是大蚂蚁，几滴这种白色液体也足以让他们丧失理智，躺倒在地上哭闹打滚儿。

"……她的脸泛着蓝光,头发泛着蓝光,斗篷也泛着蓝光……"小 Q 脸红红的,好像喝了蒸馏酒似的。

"率领着很多妖精吧?"Z 着迷地问。

"哪来的很多妖精?"

"嘿嘿,女王出门难道不带部下?"

小 Q 有点不高兴:"我可没看到有啥部下。作为一个优雅的女妖,我相信她更喜欢单独行动。"

"好吧,"K 咂咂嘴说,"就算你对,眼见为实嘛。我听到的只是传说,并没有'远远地见过一面'!"

"关于冰雪女妖的来历,"小 Q 沉吟了一下,"是一个忧伤的故事。要知道,这位女王只是个来自民间的寻常女孩……"

小 Q 的故事尚未开讲,K 发现 G 那边的人越来越多,喧闹声也越来越高。W 看上去是酩酊大醉了,他头顶一只大碟似的青花瓷盘,正在飞速转圈。L 站在餐桌上大喊大叫,使劲地打气喝彩,围观的蚁群不时爆发出热烈的掌声和口哨声。G 面前摆了若干空碗空罐子,他自己一手握勺,一手拿筷,俨然一个乐队的鼓手——尽管他敲打出来的节奏比一群走音的蛐蛐还要莫名其妙。

窗外树枝上蹲伏的老蝉哈哈怪笑,这几位醉酒小蚂蚁的怪异举止,让他笑得触须和蝉翼都飞起来了。

"老蝉,想吃我们的南瓜馅饼吗?"

"老蝉,尝尝这碗蝙蝠肉做的罗宋汤怎么样?"

几只小蚂蚁朝树上的老蝉嚷嚷个不停。

"一群傻瓜蚂蚁,"老蝉笑得浑身乱颤喘不过气,"我老汉只喜欢喝树儿们酿的鲜汁,别的嘛,我不爱喝,都是毒药。"

K 走近窗户大声问:"老蝉叔,你知道冰雪女妖吗?"

"冰雪女妖，知了知了——"老蝉一副高深莫测的模样。

"我在书上读到过……"

"《白色巢穴童话》？老蝉我小时候也看过，不过咧——"

"怎么啦？"

"你该不是想告诉我，最近的天气都是冰雪女妖故意搞鬼造成的？"

"可怜的小蚂蚁，"老蝉说，"这主要是毛子国冷空气南移的缘故！嗨嗨，笑得老蝉我肚子疼。"

K 翘着嘴，触须向上扬起。

老蝉忽然严肃地说："冰雪女妖只有冬天才会出门，记住了。"

"你怎么确定？"

"啊，我可是亲眼见过！"老蝉闭上眼，像在回忆，"头发是一汪亮蓝色，还有飘逸的蓝色披风！"

"小 Q 说得也差不多。"

"至于这两天的寒流，跟她半点关系也没有。冰雪女妖优雅沉静，不可能乱施魔法的……"

K 点点头，举杯对老蝉表示了敬意——他并不能确认这些话有没有瞎编的成分，但他宁愿相信一个善良女妖的存在。宴会还在高潮中，小 Q 坐在长桌边讲起了他的故事，Z 继续打他满足的饱嗝，G、W 和 L 等被校方派员带走了。

"千万别告诉太多人，"老蝉离开前压低声音告诫 K，"冰雪女妖可不喜欢别人知道她的事儿。"

这时他们一点不知晓，巢穴后面的那片森林里，有一双蓝色的眼睛正打量着这幢灯火通明的建筑。

十三

K竖起耳朵,他听见风拂过树叶时发出的沙沙声。这些被阳光烤得暖洋洋的秋日的风,摩挲着头皮,让他莫名地焦躁起来。他上下不安摆动的触须,如同两支铅丝,抚弄着太阳的耀眼的光晕。这里是巢穴的主操场,硕大的场地一片空旷,没有一只跑动的蚂蚁,唯有不远处被树木簇拥的巢穴主体亮白通透,日光在它表面反射又吸收。蚂蚁们的琅琅书声从教学楼飘散出来,让K感到奇妙的是,刚才的焦躁感很快又莫名地消失了。

他知道这些沙沙声将离他越来越远,巢穴仿佛是一座小岛,他下到一艘小船,船在海上越漂越远,再也找不到这样一座相似的小岛了。这是K时隔两个月后回到巢穴,小蚂蚁和大蚂蚁已经开学一个月了,他想知道这两个月里巢穴有没有发生什么变化。他看到山坡上的小黄花依然开得绚烂,它们简简单单铺满了巢穴周边的山野,即使没有身临其境,依靠感官也能复现那丝丝缕缕清淡的香气。K慢慢踱着步,巢穴南面,也就是低年级宿舍后门,有一堵黄泥的矮墙,那堵K再熟悉不过墙埋藏了太多的东西,最多的是记忆。跟土墙有关的,第一个自然是小Q,还有金色的猫咪,会走路的鱼,光着橙色屁股的猴子,大蜻蜓和很多很多的海生动物,甚至还有一片专为墙服务(帮它洗澡)的雨云。

这堵坑坑洼洼、非常有碍观瞻的墙,为何一直没有被大蚂蚁们"处理掉",可以算得上是一个未解之谜。带玻璃的后门是关上的,透过有些反光的玻璃,K看得见坐在里面的蚂蚁阿姨正在打盹儿,嘴角挂着一丝长长的口涎,她打呼噜的声响被白日里的噪声轻易地遮掩了。桥南白日里的喧闹其实不能算是噪声,它由各种各样的声音混合而成,有的来自天空山野,有的来自动物植物,有的来自人群。不管是人为还是天籁，在 K 的听觉里，感觉都是悦耳的、和谐的，就像初秋铺展开来的阳光，从遥远太空传输到小小地球表面的过程中产生的频率和振幅，那是有断中的持续，有色里的透明。

K 决定放弃进入自己曾经居住过的宿舍了，他环绕巢穴绕了小半圈，从另一扇门登上了教学楼，打算去上次洗手间。当他路经自己以前的教室时，只是在门外悄无声息地听了一会儿读书声，就径直向洗手间去了。他真是要去那儿吗？ K 在洗手间外面发了一会儿呆，又在洗手的地方发了一会儿呆，就在这当儿，蚂蚁 L 大大咧咧地走了进来。

L 并没有立刻反应过来，他停住脚愣了好大一会儿，不知道是正对 K 的脸还是正对天花板。随后他试探似的吸了口气，一把抓住 K 的上臂。

"是你，K？" L 嘴唇几乎没动，像是在用腹语。

"嗯。"

K 还没想好是否要跟随，就被 L 拖拽着，云里雾里地回到了教室门口。

"赶快进来——" L 不由分说地把他拉进了教室。

他被 L 推上讲台（S 老师惊讶地站在那里），不知所措地望着几十位熟悉又陌生的同学。教室里一下子寂静无声，只听得见蚂蚁们细微的呼吸。几秒钟后大家开口说话，一片嘈杂的声浪突然铺充满整个空间，有人甚至一边呼叫 K 的名字，一边从座位上站起身来。

"你这么久没来上课，H 一个人坐太爽了。" K 听到 G 在后排大声讲话。

"寝室的床位也空着，阿姨说很快就会安排新同学来。"

K 面对满教室的声音不知所措，也不知道自己是否应该做点什么。

S 老师双手下压："哎，小崽子们，大家给我安静点。"

她抬眼看向 K，嘟哝着说："绿色联合巢穴，很不错的一所学校嘛！"

"唔，据说是这样的。"

稍微平静的教室又炸锅了：绿色联合巢穴，听起来好像是在一个很远的地方啊？那里有多少只蚂蚁？宿舍条件怎么样？既然是在市区，不会有大魔王、冰雪女妖、隧道森林、小黄花、快乐火车了吧？可是有没有夏爽节晚宴呢？如果有，比得上白色巢穴的热闹豪华和丰富吗？

"干吗……干吗要转学呢？"W站在过道上，哽着嗓子问。

K眨巴眨巴眼："我并不想离开这儿，但总有一些原因……是大蚂蚁也解决不了的。"

"你走了，我们班的科技制作小能手也空缺了……"Z语气里明显流露出失落。

K无言以对，此刻他脑子里有无数台微型电风扇在嗡嗡作响（一年前，K凭自己独立组装的一台微型电风扇，获得了巢穴举办的创新发明比赛的头奖。

M在说什么？这位可爱的小姑娘，有段时间喜欢佩戴一个蟑螂发夹。K有次被那个发夹吓了一大跳，他当时以为那真的是一只蟑螂。

他原本那枚发夹放在他家房间的抽屉里，K口干舌燥地想，似乎很久没有确认它的去向了，说不定被家里人扔掉了。他的脑袋里的电扇叶片和发夹乒乒乓乓地搅动在一起，回响着摩擦出一种不知名的怪声音。

还有最好的朋友、室友、同学小Q，他坐在教室的前排，却一言未发。一如第一次见到他时的情形，就是那清澈温和善良熟悉的眼神。K清了下嗓子，想着自己是不是应该说：感谢各位对我的关照，可现在我要离开巢穴了，今后有机会再见吧！

可就在他面前，巢穴里散发出某种安静的余韵，他应该乖乖闭上嘴，无言地看着这一切才合适。

善解人意的S老师注意到K的窘境，赶紧解嘲说："好了好了，我们先继续上课！K可以在这儿听也可以随便转转，等会儿下课了再见吧。"

巢穴外坡地上的野花草交错生长在一起，一直铺排到远方。K 站在老山梨树下，看到小 Q 从教学楼大门内跑出来，他穿一件海蓝格子衬衫，全身沐浴在金黄的日光里。

"嗨，你怎么出来的？"

"我说我想上厕所，老师就让我出来了。"小 Q 微笑着，露出一口雪白的牙齿。

"噢——"

"怎么，不开心？"

"今天的太阳不错，好像还在夏天的感觉。"K 有点别扭地偏着脑袋，"刚才我越走越看越疑惑，这真的是自己待了五年的地方吗？就像刚刚从一个梦里醒来一样，我有几分恍惚，有几分忧伤，甚至不知道自己是否该说什么或是做点什么……想起将要去一处新的巢穴，不知道会遇见什么样的人和事，以后会有什么样的同学和室友，我是不是应该像老蝉那样，絮絮叨叨说出一大堆感觉和感想？做一次哪怕是废话的告别？"

"别说这么多傻话，想想你五年前第一天到巢穴的情形就够了。"

"第一天？是啊，那是我最紧张也最兴奋的一天，白色巢穴确实让人激动，一座奇特的建筑，奇妙的结构，还有无法描述的美丽色彩。当然喽，那时我还不认识你，你也没有认出我。"

"想不到这么快，我就要永远离开这里了。"K 的声音明显有点发颤。

小 Q 望着辽远的河谷那边，没有应答。

K 抿起嘴从浅丘顶上往下看，风就是这么吹过来的：从森林和峡谷的缝隙间艰难地探出头来，破碎而缓慢，直到进入空旷的平野，终于得到迅猛加速的机会，呼号啸叫，吹得草伏在地下，吹得树疯狂摇晃，吹得小蚂蚁的发须纷纷扬扬，睁不开眼闭不上嘴！这可是桥南的风，巢穴的风。

"要知道最后，我还是认出你来了。"小Q说，"不要那样伤感，不就是离开嘛，婆婆妈妈的男人没出息。更何况，你以为从某个时刻开始，你的脚不再落在这块土地上了，这就叫离开吗？"

小Q的话让K有一种似曾相识的感觉。

"只要我们还活着，世界上就没有'永远'一说。现在的你，无论是眠还是醒、直立还是爬行，"Q说，"也无论去向哪里，你都是一只来自桥南的、带有特殊印记的蚂蚁。难道不是这样吗？"

"特殊印记，真的是这样？"

不知不觉间，太阳的位置已经偏移了很多，老树的冠盖也挡不住它炙热的光纤。K再一次回看那不规则的白色屋顶，造型特异的巨大巢穴，在这片丘峦起伏、森林密集的地界，巢穴成了最强烈反光体，它的乳白色太过显眼了。

"真的是这样。"小Q确定地说，"我们都知道这句老话：时间自会证明一切。"

为何时间会证明一切？格言总是高大上而抽象，而时间自身就是一道难题。不过此刻他突然若有所悟：当老蝉在枝头跟子孙亲邻合鸣，小黄花在风中集体舞蹈，螳螂在群蚁围观下坚定地移动，饮料的泡沫在晚宴的灯光下散尽，蜻蜓展开膜翅在空中滑行，冰雪女妖在寒冷的冬夜里踽踽独行，蚂蚁的后肢直立变成双脚……他似乎看到时间蹑手蹑脚的身影，如同沙画上似有若无瞬时消逝无痕的诡秘笔触。

未来的某一天，他或会回想起在桥南巢穴前的这一刻——那有如醍醐灌顶，元神出窍，灵悟电光石火般照彻大千世界的一刻。

K看了看小Q。他想说："好吧，我会慢慢懂得的。"

此时的小Q仰头望天，目光所及，太阳从大片流云后露出金灿灿的脸庞，老蝉和黄雀恰好先后飞过，没有任何异样。这正是桥南某个寻常的时刻。

《梵净山》2018 年第 4 期